La vie infinie

DE LA MÊME AUTRICE

Un non qui veut dire oui, Caraïbéditions, 2023
Notre royaume n'est pas de ce monde, Albin Michel, 2022
Le diable parle toutes les langues, Albin Michel, 2021
Il est à toi ce beau pays, Albin Michel, 2018
L'illustre inconnu, Robert Laffont, 2014
Requiem pour une étoile, Robert Laffont, 2010
Bleu poussière ou la véritable histoire de Kaël Tallas,
Robert Laffont, 2007

LITTÉRATURE JEUNESSE
Timothée Pacap, Trilogie, Albin Michel, 2021
Le chemin de la liberté. L'odyssée américaine de Booker T. Washington,
Albin Michel, 2021

OUVRAGES COLLECTIFS
Les Olympes, Albin Michel, 2024
Manifeste pour la lecture, L'Atelier des nomades, 2023
Qu'est-ce que l'Afrique? La Croisée des chemins, 2021

Jennifer Richard

La vie infinie

roman

Philippe Rey

1

Marrakech, entrée

Le désert n'était pas son élément, tout compte fait. Adolescente, elle s'était nourrie de projections torrides, dans lesquelles des corps masculins enveloppés de chèches et de burnous dévoilaient leur force après une traversée éprouvante à dos de dromadaire, les muscles luisants de sueur et bandés comme des arcs pour anéantir la résistance vacillante d'une captive déjà envoûtée par le luxe du bivouac. Ses lectures de midinette lui semblaient bêtes, maintenant qu'elle piétinait dans la rocaille, les sinus asséchés par l'âpreté du sirocco, les yeux irrités et une odeur surette imprégnant constamment ses vêtements au niveau des aisselles. Le fantasme avait fait long feu, et elle comptait les heures avant de retrouver le confort de sa chambre climatisée. De tout leur séjour, la visite du site à construire était incontestablement l'activité la moins intéressante. Mais ils étaient venus pour cela. Adrien voyageait pour des motifs professionnels, et Céline s'était greffée au déplacement en espérant vivre les pages les plus sensuelles d'*Un thé au Sahara*. Pendant quelques jours, ils avaient profité de la version cinq étoiles du circuit touristique habituel. Ils avaient traversé la place Jemaa el-Fna avec ses charmeurs de serpents, ses conteurs et ses danseurs travestis,

7

ils avaient visité la villa Majorelle, le palais Bahia, et subi un gommage abrasif au hammam Les Cinq Sens. Les classiques, au top de la *bucket list* que tout le monde allait énumérer à leur retour. Ils avaient scrupuleusement suivi les préconisations de l'application L'essentiel : Marrakech, se félicitant de la facilité avec laquelle ils s'acclimataient, tels des explorateurs 2.0.

Pourtant, gênée par la poussière qui lui grattait la gorge et oppressée par l'ocre aveuglant, Céline rêvait maintenant de lacs, de collines tourbeuses, d'averses et de masses nuageuses roulant dans un ciel noir. Un pays plein d'eau, gorgé de bleu et de vert.

Après un petit déjeuner frugal, ils avaient embarqué pour une longue route. Ils avaient roulé des heures sur l'asphalte flageolant qui offrait l'illusion de flaques argentées, là-bas, toujours plus loin. Ils se trouvaient maintenant au milieu de nulle part, devant un gigantesque terrain que rien ne séparait de ce qui l'entourait, hormis un panneau signalant que la zone était sous surveillance militaire, et une ligne de barbelés qui courait à perte de vue. Ici, on ne s'extasiait pas devant le velouté des dunes, ni devant le dégradé couleur cocktail dans lequel se mariaient le sable et le ciel, comme sur les photos Windows à la une. C'était le reg, un désert plat et morne qu'on ne distinguait d'un chantier de démolition en région parisienne que par son étendue.

« On est venus voir… rien ? demanda Céline quand le 4x4 s'arrêta. Du sable et de la pierre ?

– Et sur cette pierre, ils bâtiront leur data center », répondit Adrien en ouvrant la portière.

Il lui adressa un sourire et, d'une pression discrète sur le bras, l'incita à rester dans l'habitacle tandis qu'il descendait avec le fixeur marocain. Elle hocha la tête, mais préféra attendre à l'extérieur plutôt que de se retrouver seule avec le chauffeur. Non qu'elle se méfiât des Arabes, mais on ne savait jamais. D'ailleurs, ce n'étaient pas vraiment des Arabes, il fallait qu'elle arrête de les globaliser. En tout cas, c'était un homme. Elle s'adossa nonchalamment au véhicule, s'en écartant aussitôt sous l'effet de la brûlure.

« C'est potentiellement le plus grand centre de la région, informa le fixeur en faisant quelques pas vers la clôture. Le plus grand après les centres chinois. La zone est reculée mais facilement sécurisable, et approvisionnable en eau moyennant quelques investissements. Et toujours ensoleillée, bien sûr. »

Les deux hommes s'éloignèrent, longeant le site pour en appréhender la topographie. Céline les suivit du regard avec inquiétude. Elle sentait la morsure de la réverbération au coin des yeux, malgré ses lunettes. Elle la sentait même sur ses orteils, ce qu'elle n'appréciait qu'à la plage. Surtout, la toile de sable qui s'étendait autour d'elle, infinie et uniforme, l'oppressait. Si elle laissait son imagination galoper, elle se figurerait bientôt la soif, l'isolement et la sécheresse, les mirages et le soleil au zénith, des crevasses aux lèvres et la peau en lambeaux, la rocaille et les lézards pour seuls témoins de ses délires, et ne parviendrait plus à penser à autre chose qu'à un vide inextricable et à une grande solitude.

Elle crut voir une petite fille danser dans le sable, au loin. De sa robe, diaphane comme un pétale de coquelicot, dépassaient des membres délicats, aussi fragiles que des os de poulet. L'être évanescent s'immobilisa, comme pris en faute, et la scruta. Céline cligna les yeux et la silhouette s'évapora. Elle reconnut les signes annonciateurs d'un malaise vagal. Le vertige pointait, provoqué par une idée qu'elle n'avait jamais pu identifier, suivi d'une bouffée de chaleur, un bourdonnement dans les oreilles, un voile étoilé devant les yeux et l'accélération de son rythme cardiaque. Une sensation de mort imminente qui passait toute seule, aussi vite qu'elle était venue, sans laisser de séquelles, sans autre trace qu'un léger goût de ridicule. Elle n'en avait presque plus eu, après la mort de son père.

Elle fut soulagée de voir réapparaître les deux hommes, et s'efforça de faire bonne figure. L'agent berbère n'était donc pas un djinn venu les perdre dans son sépulcre minéral. Adrien, les mains dans les poches, les manches de sa chemise blanche retroussées sur des avant-bras bronzés, son pantalon en lin épousant des cuisses puissantes, ses boucles brunes sur un grand front lisse, riait avec son interlocuteur, serein et satisfait. Il embrassa Céline avant de lui ouvrir la portière.

« On va faire mieux qu'en Égypte, lui murmura-t-il en lui prenant la main. Chaque pyramide n'offrait l'éternité qu'à un seul homme. Mais l'éternité est pour tout le monde. Pour tous ceux qui en ont les moyens, en tout cas.

– Tu veux faire construire un cimetière géant?

– Quatre-vingt-seize hectares, c'est plus que géant. Il faut beaucoup d'espace pour vendre un temps infini. »

Il sourit en plissant les lèvres, comme devant un enfant qu'il ne pouvait se résoudre à gronder. Il appréciait l'esprit vif et ironique de Céline, qui lui permettait de ne pas trop se prendre au sérieux dans les moments où il était tenté de se croire invincible. Sans elle, il serait probablement devenu un de ces fils à papa persuadés qu'ils se sont faits tout seuls.

Treize ans après leur rencontre, elle le trouvait toujours aussi séduisant. Il se bonifiait même au fil du temps, comme un vin de qualité, et se rapprochait de plus en plus de l'idée qu'elle se faisait de l'homme parfait.

Au départ, pourtant, il était loin de répondre à tous les critères qu'elle avait en tête. De taille moyenne, les muscles enveloppés d'une fine couche de graisse, il avait un corps tendre et un visage délicat dont les éléments, pris séparément, auraient pu être attribués à une jeune fille : nez court et lèvres charnues dissimulant une denture tarabiscotée, longs cils ombrant des yeux noisette et joues de satin qui passaient facilement du blanc vacherin à la framboise écrasée. Seuls ses lunettes rectangulaires et ses sourcils contrariés cassaient la juvénilité des traits et rappelaient son assise sociale. Laquelle n'avait pas été étrangère à l'attrait de Céline pour cet enfant en costume de banquier. Non qu'elle fût vénale. Elle n'était pas de celles-là. Mais elle était curieuse.

Leur premier rendez-vous s'était inscrit dans le cadre professionnel : elle rédigeait un article sur le mode de vie des cadres supérieurs de la finance pour un média en ligne. Alors qu'elle s'attendait à réprimer des bâillements face à un cinquantenaire glacial, elle découvrit un homme d'une trentaine d'années, drôle et décontracté. En repensant à cette rencontre non filtrée, à l'ancienne, elle lui trouvait quelque chose de subversif qu'on n'éprouvait plus que rarement avec des inconnus. Se sentir, se toucher, même par inadvertance, en avançant la main pour saisir sa tasse de café, échanger un regard direct, autant de vestiges d'une époque dont elle regrettait parfois la simplicité.

Par ailleurs, l'entrevue avait eu lieu au printemps, saison ternie par la corvée de la déclaration de revenus, qui leur offrit l'occasion d'une discussion plus personnelle. Abordant le sujet du calcul des parts, ils apprirent qu'ils étaient tous deux célibataires. Pour ces deux raisonnables citoyens, la nécessité de contribuer au bien commun était un principe accepté, quoique vécu différemment. Elle était fière de payer des impôts ; sans être favorable à l'exil fiscal, il déplorait que les premiers de cordée dussent assister la masse. À peine cherchait-il des niches d'optimisation. Elle redoutait vaguement une augmentation ; il la consola : « On ne te prélève pas encore un montant à cinq chiffres. » Elle acquiesça, déjà impressionnée. Son admiration était compatible avec ses inclinations socialistes : Adrien était une chance pour la société.

Son assurance diluait ses petits défauts, dont il semblait ne pas avoir conscience. Avec un poste si prenant, nul n'était tenu à une pratique sportive régulière. Même un rendez-vous chez le dentiste était difficile à caser. Pourtant il visait la perfection et, adepte des investissements à moyen terme, il avait placé ses jetons en début de partie. Il avait gravi les échelons et récolté le fruit de ses efforts. Il travaillait désormais quand il le souhaitait, c'est-à-dire tout le temps, et parvenait à glisser des séances de coaching en boxe anglaise dans les interstices de son agenda. Résultat : ses épaules tombaient moins et son ventre n'étouffait plus sous la ceinture. Par ailleurs, le port d'une gouttière, la nuit, avait finalement eu raison de son chevauchement dentaire. Sur ses tempes, des cheveux d'argent colonisaient sa noire tignasse d'adolescent. Il était devenu pas mal. Et si sa virilité tenait plus de sa position que de son physique, Céline s'en satisfaisait. Elle qui se croyait hermétique au pouvoir de l'argent avait admis qu'un compte en banque bien garni valait tous les muscles du monde. Elle bénéficiait de la puissance d'un mâle alpha sans subir sa masculinité toxique.

Elle l'observait donc avec indulgence, tandis que le chauffeur les ramenait à La Mamounia. La douceur des soirées marocaines l'alanguissait et lui permettait d'accepter les tics qui l'agaçaient tant, à Paris. Il mordillait sa lèvre supérieure, avançant le menton comme un élève à la peine devant ses devoirs, le front plissé par une réflexion intense.

« Si on allait en Irlande, cet été ? » suggéra-t-elle.

Elle venait de recevoir une publicité sur son téléphone. Des images parfaites : des moutons dodus sur fond de prairie moussue, des reflets d'orage glissant sur les étangs, un grand sourire sous la capuche d'un ciré à l'entrée d'une maison en pierre qui faisait office de pub. C'est fou, se dit-elle. C'était tout ce dont elle rêvait, depuis quelques jours.

Adrien sembla se rappeler sa présence quand elle lui caressa la main. Il la regarda un instant tandis qu'elle rangeait son téléphone. Elle lui sourit, signe qu'elle excusait sa distraction. Les trajets prolongeaient son espace de travail : il n'aimait discuter ni en train ni en voiture, préférant mettre ces heures à profit pour circonscrire les affaires en cours. Et celle du jour était de taille. Il lui aurait volontiers exposé l'ampleur de la transaction, le besoin d'espace de ses clients pour le stockage d'une phénoménale quantité de données, la nécessité pour lui de prendre part à cette révolution anthropologique. Mais elle n'était pas demandeuse, elle ne percevait pas tous les enjeux de son activité.

Le taxi pénétra dans l'enceinte de l'établissement et suivit le cortège de Porsche, Rolls et Maserati qui défilaient devant l'entrée. Le chauffeur s'arrêta à son tour près des colonnes à mosaïques.

« Voilà, monsieur, dit-il. Dix dirhams, s'il vous plaît. »

Adrien lui tendit un billet de vingt dirhams.

« Désolé, j'ai pas la monnaie, monsieur. Il faut aller demander à la réception. »

Céline soupira. On leur avait déjà fait le coup trois fois depuis leur arrivée.

« C'est bon, gardez tout », céda Adrien.

Il sortit et fit le tour du véhicule pour assister Céline.

« Je préfère perdre un euro plutôt que cinq minutes, se justifia-t-il en lui tendant la main.

– On a tout notre temps, chou.

– Moi, je n'ai pas de temps, je n'ai que des délais, rectifia-t-il. En plus ça lui fait plaisir, et pour nous ça ne change rien. »

Elle n'insista pas, cette fois. C'était le jeu, on les avait prévenus. D'ailleurs, quelle importance? Qui logeait à La Mamounia, et qui allait retrouver ses six enfants entassés entre quatre murs en torchis dans la médina? Une vague culpabilité lui chatouilla l'esprit. Elle avait eu une pensée raciste. Mais son féminisme compensa cette faute de goût: peut-être le chauffeur battait-il ses épouses. Il était peut-être un dominé économique, mais, dans cette société patriarcale, il était également un dominant. Et puis n'était-il pas raciste, lui aussi? Elle pensa aux migrants subsahariens refoulés à la frontière du désert et aux bateaux pneumatiques qui coulaient régulièrement en mer Méditerranée. L'indignation se dilua, puis disparut. Dans l'ascenseur, elle remarqua que les pommettes d'Adrien rosissaient et que ses yeux allaient de l'écran de son portable à ses yeux à elle. Le son cristallin d'une notification se fit entendre depuis son tote-bag Berlinale.

« Je crois que tu as reçu un message », lui susurra-t-il.

Elle consulta son téléphone et vit sans surprise une icône en forme de flamme danser sur l'écran. Il l'enlaça. Son application préférée avait calculé une haute probabilité pour que sa compagne soit d'humeur érotique. Sur le portable de Céline, l'application avait confirmé l'information.

Ils commencèrent à faire l'amour sur le canapé de la chambre avant de terminer, assez rapidement, sur le lit. Céline jouit de manière suffisamment satisfaisante pour ne pas en vouloir à Adrien de consulter son appli. Il lui adressa un sourire insolent, fier de déclencher son orgasme en un temps toujours plus réduit, comme il aurait maîtrisé la cuisson d'un steak.

Elle enfila une robe noire, fluide et élégante. En attendant qu'il fût prêt, elle s'installa dans le canapé et alluma la télévision. La porte de la salle de bains s'ouvrit sur lui comme un écrin. Il sortit de la pièce les poings contre les hanches, une serviette sur la tête, un cordon de rideau enroulé autour du crâne. Elle éclata de rire. Elle avait tout de suite reconnu Lawrence d'Arabie. Content de son petit effet, il s'habilla pour de vrai, revêtant un costume sur mesure commandé chez Blandin & Delloye avant de partir. Ils descendirent aussi sûrs d'eux que s'ils avaient racheté l'Empire ottoman. Adrien naviguait dans le luxe sans arrogance, poli, respectueux du personnel tant que celui-ci travaillait bien. Élevée selon des standards deux étoiles, Céline s'efforça de ne pas s'extasier devant ce qu'elle voyait, comme elle le faisait souvent dans les hôtels et les restaurants avant de se renseigner sur les fournisseurs et les marques choisies.

Mais l'exercice était difficile. Toute la matière autour d'eux semblait atteinte d'éléphantiasis. Les concepteurs étaient-ils partis de l'obligation de meubler le volume d'un hall de gare, ou s'étaient-ils fixé l'objectif de tout adapter aux dimensions des tables basses, larges comme des voitures ? Le marbre au sol reflétait les mille points de lumière sur des longueurs de stade olympique, les tapis avaient l'épaisseur d'une toison de yak et menaient d'allées somptueuses en recoins intimes, d'où bruissaient des gloussements complices. Le rationnement énergétique et le tri sélectif n'appartenaient pas à ce monde. Ici, personne ne pensait compost et heures creuses. Les hôtes étaient jeunes, minces et, pour la plupart, issus de ce que Céline appelait « la diversité ». Elle en fut d'abord amusée, puis étonnée. Les hommes étaient vêtus de costumes coûteux imprimés de motifs exotiques et de chapeaux audacieux, les femmes paradaient dans des robes aux tissus chatoyants, leurs cheveux noués dans des foulards de soie ou entremêlés de perles ; certains portaient des lunettes de soleil ; tous arboraient montres d'aviateur et bijoux de tapis rouge. La robe Max Mara de Céline ne lui semblait plus aussi chic que lorsqu'elle l'avait essayée devant son miroir, avant de la glisser dans sa valise. Elle ne serait pas la déesse de la soirée. Au milieu des créatures flamboyantes qui semblaient toutes uniques, des étincelles animales dans les yeux et des reflets cuivrés courant le long de leurs jambes de panthère, elle n'était qu'une petite statuette falote qui n'osait pas, une fée de ruisseau, tout au plus. Elle eut conscience d'être habillée comme une Blanche, et se sentit plouc pour la première fois de sa vie.

À l'entrée du restaurant Le Français, Adrien adressa un large sourire à la jeune femme qui tenait le registre et indiqua son nom. Sous le fond de teint, ses pommettes virèrent au cramoisi et sa voix prit un accent dramatique tandis qu'elle se tournait vers la salle.

« Je suis désolée, monsieur Guy-Müller, nous avons eu un imprévu. M. Dangote vient d'arriver et nous avons dû libérer les réservations pour ses invités. »

Céline regarda dans la direction indiquée par la femme. Un homme en costume trois-pièces dominait ses courtisans au bout d'une longue table. La vue d'ensemble sur la salle la troubla. Là encore, il n'y avait que des Noirs et des Arabes. Non qu'elle y vît le moindre inconvénient. Absolument pas. Au contraire. L'affluence de cette population inhabituelle était juste étonnante, dans un lieu si… Elle crut deviner la raison de cette originalité : le Marrakech du rire, probablement. Elle consulta discrètement son téléphone. Non, l'événement n'avait pas lieu à cette période. Elle vérifia sur plusieurs sites, mais finit par renoncer à cette explication. Adrien avait adopté un ton cassant, attirant l'attention des gardes du corps postés de part et d'autre de l'entrée. Un supérieur vint à la rescousse de la réceptionniste.

« Nous pouvons vous proposer une table dans l'un de nos trois autres restaurants, monsieur. Le Marocain propose le meilleur tajine du pays. Et l'établissement se fera un plaisir de vous offrir les cocktails.

– Je ne veux pas dîner dans un autre restaurant, j'ai fait une réservation ici. Qui est M. Dangote, d'abord ? Un footballeur ? »

La jeune femme baissa les yeux. Le directeur de salle ne cilla pas en répondant :

« M. Dangote est un entrepreneur. »

Adrien ne voyait pas là le début d'une explication. Il gardait pourtant son calme, prêt à poursuivre la conversation. Mais Céline avait perçu le point final dans l'intonation de l'employé.

« Laisse tomber, allons dîner au Marocain. »

Non loin de là, un petit homme s'essuya la bouche, posa sa serviette en se levant discrètement, et accourut vers eux sans jamais se redresser totalement.

« M. Dangote ne veut causer aucun problème. Il reste une table libre, qu'il vous prie d'accepter. Il s'arrangera avec les retardataires. S'il vous plaît, soyez nos invités. »

Céline et Adrien avisèrent la table désignée. La proposition était de celles qui ne se refusent pas. Ils emboîtèrent donc le pas au directeur de salle. Soulagé de la tournure prise par les événements, celui-ci avait retrouvé son obséquiosité professionnelle. Ils s'installèrent dans un coin tranquille et commandèrent des cocktails, qu'on leur apporta quelques minutes plus tard. Martini olive pour Céline, mojito pour Adrien.

« Dans les yeux », intima-t-il.

Ils trinquèrent, burent et se mirent à observer les convives.

« Ce n'est pas ici qu'on croisera des collègues, au moins », plaisanta Adrien.

À la table principale, qui avait les dimensions d'un banquet romain, trônait un homme trapu en costume noir et cravate rouge, ses petits yeux malicieux contrôlant le moindre geste de chacun de ses convives.

« Il ne te fait penser à personne ? » demanda Céline.

Adrien ouvrit des yeux ronds.

« C'est le sosie de Notorious B.I.G. »

Il ne voyait pas de qui elle parlait. La photo qu'elle lui montra sur son téléphone lui arracha un sourire.

« Mouais, fit-il. C'est sans doute un rappeur, lui aussi. »

Céline afficha une page Wikipédia.

« Pas du tout, chuchota-t-elle en rangeant son téléphone. Aliko Dangote est le roi du ciment au Nigeria, et il est devenu l'homme le plus riche d'Afrique. »

Adrien n'était pas franchement impressionné.

« Tout ça, ce sont des bulles spéculatives. Ici, il y a les ressources, mais les marchés ne sont pas fiables. »

Avant de le rencontrer, elle détestait l'univers de la finance. Elle était de gauche. Ses anciens camarades de fac continuaient de manifester quand ils en avaient le temps, et elle les rejoignait en terrasse à la fin de la journée pour critiquer le système, insulter les fachos et se défouler contre le capitalisme en buvant du rosé. En rentrant chez elle, elle débriefait avec Adrien et se moquait gentiment des idées qui l'avaient autrefois animée. Pourquoi vouloir saboter une société qui leur apportait croissance et paix ? Quelles perspectives d'avenir pouvait-on envisager pour les générations futures, si on laissait advenir le chaos ? Elle ne résistait plus à ses arguments que pour se convaincre qu'elle avait des idées propres. Elle lui soumettait les points d'accroche sur lesquels elle n'avait pas eu le dernier mot avec ses amis. Il hochait le menton, croisait les bras et mettait en avant leurs contradictions. Il avait réponse à tout. Quand elle avait épuisé ses interrogations, elle écoutait le récit de ses dernières valorisations de capital. Il employait des termes obscurs, et moins elle comprenait, plus elle était convaincue.

« On développe en Europe, sous l'égide des États-Unis, reprit-il après avoir passé la commande. Puis on externalise l'exécution des projets. Ici, ils ont l'énergie, l'espace et la main-d'œuvre.

– Et les bas salaires, déplora Céline.

– Pas seulement. L'attractivité tient surtout à la fluidité du marché du travail. Les législations sociales de tous les pays sont en concurrence, et les investisseurs recherchent les plus souples, celles qui leur permettront de travailler à flux tendus, avec le minimum d'apport et de stock humain. Chez nous, le contrat de travail engage autant qu'un mariage devant le maire. Comment veux-tu qu'on reste compétitifs ? »

La compétitivité. Encore une notion dont elle avait fini par admettre la nécessité.

« Le mirage social est un carcan pour l'innovation, continua-t-il. Et un danger pour les intéressés eux-mêmes : des travailleurs trop protégés sont de futurs chômeurs. »

Il sirota une gorgée de vin en promenant un regard aiguisé sur la salle, son cerveau agençant des raisonnements logistiques, et la fixa de nouveau.

« Pendant que les enfants gâtés défilent sous leurs banderoles en frappant des tambours, les autres se mettent au service de leurs ingénieurs et avancent. Regarde, il n'y a pas de grèves, ici. Aux Français les RTT, aux autres la vie éternelle.

– Carrément ?

– Le défi de l'homme est d'atteindre l'immortalité, j'imagine que ça ne t'a pas échappé. Il serait dommage de prendre du retard à cause du droit de grève. »

Elle faillit lui rétorquer que, quand on a l'éternité devant soi, on n'est pas à cinq minutes près, mais elle ne voulut pas faire dévier une conversation qui lui tenait visiblement à cœur.

« Je ne sais pas ce que ça veut dire, atteindre l'immortalité, admit-elle simplement. Depuis le temps que l'homme court après, je ne vois pas ce qu'il y a de neuf. »

Pour une fois, elle n'attendait pas de lui une réponse d'expert. Mais il resta dans son rôle.

« Les progrès technologiques sont exponentiels, et les laboratoires du monde entier sont dans la course. Il ne manque plus grand-chose. L'éternité sera bientôt à portée de main, pour ceux qui veulent se transférer.

– Comment ça, se transférer ?

– Nous sommes constitués d'un ensemble de données, qu'il suffit de récolter, de sauvegarder et de transférer, pour reconstituer l'homme nouveau. Tout doit disparaître, pour permettre la résurrection numérique.

– À t'écouter, on a l'impression que nous ne sommes rien d'autre que des chiffres.

– Je pense en effet que la société n'est pas un tout, mais un tas. »

Il appuya sa plaisanterie d'un clin d'œil, sirota une gorgée de vin et reprit immédiatement son sérieux. Il la regarda intensément, la défiant de formuler des idées qu'elle avait tant de fois moquées, associées à des superstitions d'un autre temps, dangereuses et inégalitaires : l'âme, la foi, le souffle et autres archaïsmes. Elle se demanda lequel des deux était finalement le plus matérialiste. Elle décida que c'était toujours elle, qui ne croyait qu'en l'homme et en son corps, face à lui qui croyait en un être humain désincarné et à l'esprit dématérialisé. L'idée que son compagnon était en train de tomber dans une nouvelle religion l'amusa.

« Tu crois qu'un amas de données peut reproduire la conscience ?

– Certain. Il faut juste trouver lesquelles. Puis nous fluidifier.

– Nous liquider, tu veux dire ?

– C'est une façon de le dire, oui. La liquidation est une bonne chose, tu sais. En droit des affaires, elle met fin à une situation difficile.

– Ça dépend pour qui, soupira Céline. Et ceux qui ne veulent pas se faire liquider ? Ceux qui ne veulent pas de l'immortalité ? »

Adrien ouvrit les mains en signe d'impuissance. La réponse lui semblait tellement évidente. Céline leva un sourcil.

« Ce sera leur problème. On n'a jamais interdit aux gens de mettre fin à leurs jours. Quoique… un peu de réglementation ne ferait pas de mal. C'est dommage de ne pas confier ce geste ultime à des pros et de priver l'économie d'un tel atout. »

Il accentuait sa tendance au cynisme pour taquiner sa compagne. La contrariété de celle-ci ne lui échappa pas, et il adopta un ton rassurant.

« Tu voudrais vivre tes dernières années de la même façon que ta mère ? Pour moi, c'est hors de question, je te préviens. Confondre les jours, les lieux, ne plus savoir qui est mort ou vivant autour de toi, qui tu aimes ou détestes…

– Bien sûr que non. Je préférerais mourir plutôt que d'avoir Alzheimer.

– Tu pourras échapper aux deux. Tu pourras passer l'éternité à faire ce que tu veux, remplir le temps et l'espace infinis de ce que tu aimes. »

Elle médita ses paroles. C'est vrai, le temps passait trop vite pour apaiser sa boulimie d'expériences. Au cours d'une journée ou d'un voyage, elle n'avait de cesse de compléter la liste des choses à faire, à voir, à goûter, battue d'avance par sa montre et convaincue qu'il lui faudrait dix vies pour venir à bout de ses envies. Elle tentait de corriger cette manie en se rappelant les paroles d'un ami d'enfance. Pour canaliser son ivresse de projets, il lui répétait que l'important n'était pas de faire tout ce qu'on peut, mais de ne faire que ce qu'on veut. Il avait souvent de ces paroles trop sages pour leur âge, qui faisait retomber son euphorie comme un atterrissage à Roissy après des vacances au soleil. Pourtant, elle savait déjà qu'elles s'imprimeraient en elle pour longtemps.

Qu'était devenu ce garçon, d'ailleurs, après le lycée ?

« Qu'est-ce que tu ferais, toi, si tu étais immortelle ? » lui demanda Adrien.

2

Arcadia

Le chant du merle marqua la fin de la nuit. Autrefois, c'était pour elle la plus jolie mélodie du monde, celle qui lui faisait aimer le matin. Mais cet oiseau ne lui plaisait pas, il n'avait pas le cœur à l'ouvrage. Il chantait seul et sans but.

Comme souvent au réveil, elle se demanda où elle était. Dans quel lit? Dans quel pays? Personne à ses côtés. Pas de portes en bois sculpté, pas de pampilles pendues aux abat-jour ni de service à thé sur un plateau de cuivre, pas d'odeur de menthe embaumant l'air. La saveur d'une olive gorgée de vermouth se ratatina dans les méandres de son cerveau. Les délices de Marrakech se délitaient. Pas non plus de poutres au plafond, ni de fauteuil Barcelona dans un coin de la pièce. Et où était passée sa lithographie d'Andy Warhol? La décoration n'était marquée d'aucun goût, la pièce était juste fonctionnelle. Elle n'était pas à Paris. Ces errances cérébrales se répétaient fréquemment et duraient de plus en plus longtemps. Elles n'avaient rien de l'agréable flottement qui la surprenait autrefois dans une chambre d'hôtel au milieu de la nuit, ou à bord d'un bateau de croisière, marquant le début des vacances et la plongée dans l'exotisme. Elle appréciait alors le sommeil vaporeux, alourdi

23

par le décalage horaire, et soulevait les paupières avec volupté, pour appréhender les contours du dépaysement. Mais elle ne faisait plus de voyages, et le lieu où elle avait jeté l'ancre n'était pas pour autant son foyer. Le confort rassurant de la familiarité avait déserté son quotidien. Routine en pointillé, réflexes amoindris, plus rien n'allait de soi.

Elle ne pouvait pas mieux se situer sur un calendrier que sur un planisphère. Quand était-elle ? Nuit et jour, veille et songe se confondaient, permettant l'irruption dans ses réflexions d'un ou deux camarades de lycée, de quelques membres de sa famille à des âges divers. Elle rêvait souvent des mêmes personnes, des mêmes lieux, et il lui arrivait d'être suffisamment lucide pour s'en étonner. C'était donc tout ? Personne d'autre n'avait compté que les trois ou quatre silhouettes qui peuplaient le désert de ses nuits ? Une sensation de manque emplit ses poumons. Seule, à son âge ? Mais une raideur se réveilla dans ses lombaires, dans ses genoux et ses chevilles, freinant toute spontanéité de mouvement, et lui rappelant qu'elle n'était plus si jeune.

Elle se redressa avec précaution et, tandis qu'elle fixait le store à la droite du lit, il se leva sur une baie vitrée. Une vallée au manteau d'herbe bleutée apparut, se teinta de mauve et d'orange à mesure que le soleil émergeait des arbres qui bordaient la rivière aux eaux transparentes, en contrebas. Une mésange vint se poser sur une branche si proche qu'elle pouvait presque la toucher. Mais elle se dérobait toujours.

Devant elle, l'écran DangoTech s'alluma et afficha les données du jour. Arcadia. Température : 25 degrés. Progression du téléchargement : 99,99 %. Elle toucha l'icône « Accueil », et l'écran se connecta à la réception. Assise au bout du lit, elle examina les employées et jeta son dévolu sur celle du milieu, une grosse femme noire aux allures de Vénus paléolithique. Le plan se resserra sur cette dernière, qui leva la tête et lui adressa un sourire amical. Fatou, comme l'indiquait son badge. C'était toujours la même qui s'occupait d'elle, et elle avait rapidement intégré ses habitudes et ses préférences. Elle ne savait toujours pas à qui l'employée lui faisait penser.

« Bonjour, Céline, lui dit-elle. Avez-vous bien dormi ? »

Elle hocha la tête, mais les mots ne lui vinrent pas.

« Aujourd'hui, nous aurons un grand soleil. Pensez à vous hydrater régulièrement. »

À l'écran, elle observa quelques instants le va-et-vient des locataires entre la porte d'entrée et les ascenseurs. Certains lui adressaient un signe de la main avant de s'engouffrer dans la porte-tambour, laissant alors filtrer les bruits de la ville. Des carrés de soleil se dessinaient sur les tapis moelleux et faisaient scintiller la porcelaine des vases géants, de part et d'autre de la réception. Çà et là, des fauteuils offraient refuge à un habitant. On lisait le journal, on attendait un rendez-vous, on buvait un café fumant. Le ronron de la société, immuable et ordonnée, la rassura.

Elle avait gagné suffisamment d'argent au cours de sa carrière pour s'offrir les services d'un excellent centre de repos médicalisé. Elle avait pu sélectionner l'option « haute sécurité », qui garantissait une aseptisation parfaite de son habitat.

Une partie de ses ressources provenait d'ailleurs des investissements qu'elle avait su faire dans le secteur de la dépendance. Emplacement, année de construction, mécanisme de reconduction du bail, garantie de l'indexation des loyers, charge des travaux (le fameux article 606 du code civil). Ayant été à bonne école, elle était capable d'évaluer le rendement d'un produit aussi précisément que les commerciaux d'Orpea, et s'était toujours assuré un taux minimum de 5,80 %. Sensibilisée par Adrien, elle avait senti le vent tourner et avait revendu au bon moment, quelques mois avant la promulgation de la loi Euthanasie II, qui avait drainé les capitaux vers les grands laboratoires à mesure que les listes d'attente pour les résidences seniors s'allégeaient et que les suicides sauvages disparaissaient au profit du monopole d'État.

Quand il s'était agi de choisir sa dernière demeure, elle était suffisamment au fait du langage commercial pour ne pas se laisser berner par les valeurs brocardées : « Le soin au cœur », « Le partage et la solidarité », ou l'étonnant « Go, Fight, Win ! » adressé aux cancéreux. Elle avait tenu à rester en ville pour que Zoé puisse lui rendre visite facilement, critère qui s'était révélé inutile. Elle avait été attentive aux normes écologiques et au mode de chauffage. La résidence Arcadia, sise dans les murs d'un couvent du XVIIIe siècle réhabilité, l'avait séduite par son parc boisé, l'accès de chaque chambre à un jardin ou une terrasse, la piscine et l'élégance du restaurant. Elle ne ressemblait pas à l'antichambre d'un crématorium.

Les attraits n'avaient pourtant pas suffi à Adrien, qui avait fait un choix différent. Un choix plus radical, encouragé par Zoé, qui préférait vivre une relation à la carte avec un avatar plutôt que de subir les débordements d'un père dépressif. Il ne lui en avait jamais tenu rigueur. C'est lui qui lui avait inculqué le pragmatisme. Lui qui avait nourri sa confiance en la technologie. En accord avec son médecin traitant, il avait accepté de se supprimer, convaincu qu'on lui restituerait un jour une forme d'existence. Malgré la satisfaction de Zoé quand elle ouvrait son application MeetMeInHeaven, Céline n'était pas persuadée qu'il s'agît là d'une résurrection en bonne et due forme.

« Qu'est-ce qui vous ferait plaisir, aujourd'hui, Céline ? demanda Fatou. Le petit déjeuner continental, comme d'habitude ? »

Elle hocha de nouveau la tête. Il ne lui vint pas à l'esprit de demander autre chose.

« Je vous prépare ça tout de suite. »

Fatou disparut de l'écran. En même temps qu'une ampoule s'alluma, une petite sonnerie tinta du côté de la porte d'entrée, dont la partie supérieure s'ouvrit sur un passe-plat. Elle se leva pour aller récupérer un plateau sur lequel fumait un gobelet en plastique, un petit pain mou et un échantillon de beurre. Elle s'installa sur le tabouret devant la tablette fixée au mur, dont la largeur correspondait exactement à celle du plateau. Après avoir déballé le microscopique carré de beurre, elle constata qu'il n'y avait pas de couteau pour l'étaler. Elle soupira et le repoussa au bout du plateau.

Un quart d'heure plus tard, Fatou réapparut à la réception.

« En quoi puis-je encore vous être utile, Céline ? »

À rien, évidemment. Parce que c'était toujours la même chose qui lui venait en tête. Retrouver l'homme qui survivait sur la photo qu'elle conservait dans son tiroir. La photo jaunie, écornée, froissée, dont la couche de plastique avait partiellement avalé les deux visages. Elle avait rêvé de lui en pêcheur samoan. Il aurait pu être un pêcheur ivoirien ou haïtien, cela aurait été plus crédible. Mais, dans son rêve, il tenait le rôle d'un pêcheur samoan, c'était comme ça. Elle pouvait s'estimer heureuse de ne pas avoir été assaillie d'horribles cauchemars, comme il arrivait quand elle oubliait de programmer ses songes. Elle fit un grand effort de concentration et un nom lui vint, comme un lapin sorti d'un chapeau. Elle hésita, craignant de trahir un souhait absurde, et anticipant l'échec de sa demande.

« Est-ce que Pierre vit toujours ? parvint-elle à articuler. J'aimerais le revoir.

– Pierre comment ? »

Elle n'en avait pas la moindre idée. Fatou sourit et effectua une recherche sur son poste.

« Je ne trouve pas de Pierre dans votre entourage proche, Céline. En tout cas, aucun nom qui s'en approche n'a été enregistré dans votre répertoire. Si vous me fournissiez les données nécessaires à établir son profil, nous pourrions faire en sorte que vous le voyiez. »

Elle eut conscience de ne pas saisir le sens des paroles de Fatou, alors qu'elle en comprenait chaque mot. Un sentiment d'impuissance l'accabla. Puis la solitude. La réceptionniste eut une moue désolée.

« Mais vous avez de la visite », ajouta-t-elle pour la consoler.

Elle se hissa sur la pointe des pieds et, se penchant par-dessus le comptoir, se tourna vers le salon à droite de la porte. Elle pivota de nouveau, ravie d'annoncer une bonne nouvelle.

« Votre fille est là. »

En effet, l'écran montrait Zoé enfoncée dans un fauteuil club du hall, agitant la main à son intention.

« Salut, ma chérie », s'efforça-t-elle de répondre.

Mais la jeune femme ne se levait pas et continuait de bouger la main au même rythme.

« Eh bien, viens ! » insista-t-elle.

Sans quitter son fauteuil, et sans qu'elle eût besoin de hausser la voix pour autant, Zoé lui répondit :

« Ton atelier mémoire va commencer, Maman. Je viendrai te voir après. »

Elle se demandait à quel moment le caractère de sa fille s'était tant adouci, et quand son emploi du temps, autrefois si chargé qu'elle peinait à y insérer une brève visite à sa mère, lui permettait maintenant de venir en avance et d'attendre la fin de ses activités.

« Et n'oublie pas de télécharger tes derniers souvenirs, sinon tu ne pourras plus bénéficier du statut premium. »

Depuis quand Zoé s'intéressait-elle à son statut ?

À l'écran, Fatou s'inclina avec un sourire et retourna à ses tâches. La vue sur le lobby disparut pour laisser place à une grille de jeu géante. Elle plissa les yeux et s'avança vers les formes colorées, les fesses au bord du matelas. Happée par les mouvements psychédéliques de bonbons magiques, ensorcelée par les cascades de notes cristallines, elle plongea dans le jeu, acceptant d'un geste les options qui lui étaient proposées, persuadée qu'elle compenserait les dépenses par ses gains.

Lancée dans sa partie, les yeux ronds et le cœur battant, la dopamine fusant dans son cerveau, elle ne vit pas le temps passer jusqu'à l'extinction de l'écran, signe qu'il était temps de retourner se coucher.

3

Marrakech, dessert

« Qu'est-ce que tu aimerais faire, alors, si tu étais immortelle ? » insista Adrien.

Céline but une gorgée de son Martini et croqua l'olive empalée sur le cure-dents. Elle repoussait le plus longtemps possible ce plaisir qui était pour elle le point culminant de la dégustation. L'ivresse se répandit dans ses membres et se convertit en plénitude. Son application E-donisme reconnut également la perfection de l'instant. Un arc-en-ciel se forma sur l'écran de son téléphone.

« Si j'étais immortelle, se lança-t-elle, je souhaiterais probablement être mortelle. »

Adrien leva son verre au bon mot de sa compagne.

« Je reformule, dit-il. Si ton vœu d'immortalité était exaucé, que ferais-tu ? »

Elle réfléchit en piquant la surface de la nappe avec le cure-dents tandis qu'un serveur remplissait leurs verres de vin.

« Je ne penserais pas à l'avenir, évidemment, mais au passé. Je voudrais revivre les moments agréables, ceux dont j'aurais aimé qu'ils durent des jours, des mois.

– Ce dîner à quatre cents balles à La Mamounia, par exemple ? »

Elle lui faisait souvent remarquer qu'il parlait plus en chiffres qu'en lettres, et il lui rétorquait que les chiffres étaient indiscutables, eux. Elle avait également dû se rendre à l'évidence : plus les montants qu'il énonçait étaient élevés, moins elle se formalisait. Certains chiffres étaient indécents, d'autres avaient des vertus apaisantes. Elle lui fit les gros yeux, pour la forme.

« Ce dîner inestimable avec l'homme de ma vie, oui, corrigea-t-elle. Ou nos vacances à Bali. Ou en Bretagne, quand tes parents n'y sont pas. Notre rencontre. Notre premier apéro à la maison, avec Elsa et David. La dernière soirée électorale, même si, bon. La fête de mes quarante ans… »

Elle s'arrêta, chercha d'autres moments de joie. Mais c'est Adrien qui reprit la parole.

« Il n'y a pas beaucoup de place pour Zoé, dans ta sélection. »

Elle plaça la main devant sa bouche, honteuse, elle-même surprise de l'image de mauvaise mère qu'elle renvoyait.

« Est-ce qu'on pourrait modifier un peu la réalité ?

– C'est l'idée, fit-il d'un air résigné.

– Alors j'ajouterais l'arrivée à la maison avec le couffin, la pression en moins. Le premier biberon, le stress en moins. Ses premiers sourires, la culpabilité en moins. »

Elle garda pour elle que, au moment où elle avait appris que le taux de bêta-hCG de la porteuse était supérieur à 50 UI/L (c'est avec ces mots que la clinique lui avait annoncé son imminent statut de mère), elle n'avait pu s'empêcher de s'interroger sur leur choix, parmi toutes les options proposées, et de calculer ce que ça leur avait coûté, ainsi que tout ce qu'il resterait à régler avant la majorité.

« On dirait que tu n'aurais pas d'enfant, si tu pouvais revenir en arrière. »

Elle n'avait pas eu conscience d'être si transparente.

« Horrible, n'est-ce pas ? plaisanta-t-elle. Je suis vraiment une mère indigne. »

Le sourire d'Adrien disparut tout à fait, signe que ses démons revenaient se tenir là, derrière lui, tout près du bord. Il se laissait moins submerger que dans sa jeunesse, et alors il se reprenait vite. Elle poursuivit, s'efforçant de s'intéresser à la question :

« Il y a un autre truc qui serait sympa, si vraiment tout était possible : on revivrait les moments cruciaux de sa vie, et on prendrait peut-être d'autres décisions. Pour ceux qui ont commis des erreurs, il y aurait là une chance de suivre un destin plus épanouissant. »

Il l'examinait avec la concentration d'un dentiste.

« C'est une possibilité, dit-il avec gravité. Au lieu de crever avec ses regrets, on pourra acheter d'autres voies que l'unique petite impasse qui nous a été imposée par la réalité. Des voies virtuelles, certes, mais parmi lesquelles on trouvera la bonne. Ainsi, on pourra voyager indéfiniment, en paix.

– En paix virtuelle ?

– Tu préfères la misère réelle ? Te retrouver grabataire sur un lit médicalisé, sous perfusion et respirateur artificiel, à dépendre d'infirmières pour rester propre, sans rien voir, rien entendre et rien sentir d'autre que la douleur de tes articulations, ne plus penser qu'à ton bouillon du soir, ne faire que des cauchemars, endormie ou éveillée, attendre des visites qui ne viendront pas, et expirer une dernière fois sans que ça bouleverse personne ni quoi que ce soit au monde, allez, pof, on change les draps, on aère deux minutes et on accueille le grabataire suivant ? »

Céline n'était en rien responsable de la ressemblance entre la fin de vie en Ehpad et un film d'horreur, mais elle accepta la colère d'Adrien. Elle venait de lui révéler qu'elle n'était jamais entrée dans son rôle de mère. Alors que l'enfant allait sur ses dix ans.

« Moi, je ne finirai pas comme ça, poursuivit-il. Personne ne le souhaite. Quand je dis personne, ça signifie qu'il y a huit milliards d'êtres humains qui refusent cette voie et qui attendent qu'on leur propose une alternative réjouissante. »

Il se détendit soudain et lui reprit la main, les yeux brillants.

« Donc un marché potentiel de huit milliards d'individus, qui opteront pour l'aventure virtuelle de l'éternité plutôt que pour les draps mouillés de pipi. »

Il embrassa la salle du regard, et elle put suivre ses pensées : rester bloqué ici pour l'éternité, à l'orée d'un repas plein de promesses, grisé par un bon vin, profiter d'un corps vigoureux, du désir réciproque, de la considération de ses pairs, et ne se soucier de rien, plus jamais. Une proposition parmi une infinité d'autres, qui pourraient se combiner avec des souvenirs ou des fantasmes, ou un entrelacement des deux, en fonction de l'imagination de l'utilisateur, pour l'extraire de sa plate réalité.

Tandis qu'un morceau de tournedos Rossini fondait sur sa langue et qu'Adrien la contemplait avec un désir manifeste, elle se dit qu'il y avait encore des expériences à vivre pour de vrai, ici et maintenant, malgré un corps périssable et des sens faiblissants.

Il leva discrètement un doigt pour réclamer l'addition.

« Bien entendu, tout a un prix, dit-il. Si le plaisir peut devenir éternel, il n'y a aucune raison qu'il soit gratuit. »

Au moment où une serveuse imprimait la note, la personne qui leur avait désigné la table disponible adressa à celle-ci un signe encore plus discret. Sur le porte-addition qu'elle vint présenter à Adrien se trouvait uniquement une carte de visite : *Aliko Dangote, founder and chairman of the Dangote Group.* Adrien saisit la carte à deux mains et, pour la forme, voulut protester. D'un clignement de paupières, l'homme verrouilla toute discussion et les salua en plaquant la main sur son cœur. Adrien le remercia d'une inclinaison du buste. Céline imita les deux et, dans un excès de zèle, ajouta un salut bouddhiste avant de quitter la salle.

« Heureusement qu'il existe des gestes désintéressés, dans la vie », glissa-t-elle à l'oreille d'Adrien en attendant que le valet leur désigne un taxi.

Adrien se contenta de hausser les sourcils, dubitatif. Il glissa la carte de visite dans la poche de sa veste. Puis il rédigea l'évaluation des prestations du restaurant sur son téléphone. Comme il pouvait faire deux choses à la fois, il répondit tout de même à la suggestion de Céline par une caresse appuyée sur sa hanche.

La volupté de la nuit et le soleil du lendemain la confortèrent dans l'idée que, le jour où tout serait possible, elle inscrirait cette fugue marocaine au répertoire des scènes à revivre éternellement.

Coucou, Céline!

Vos souvenirs de Marrakech ont été enregistrés. Quel voyage! Vous pouvez le revivre à tout moment. Et si vous classiez vos expériences par ordre de préférence? Le désert, le massage ou le cocktail sur le toit de la Kabana?

(Ne tardez pas à réserver votre prochaine escapade. La côte irlandaise a tant à vous offrir! Pensez à acheter des points Carbone sur CO2MarketPlace.)

Vous avez un biorythme impressionnant. Battements cardiaques parfaits (90 b/min). Mais que s'est-il passé entre 20h04 et 20h07? Vous avez eu un pic à 97 b/min et à 120 b/min. ;-) Coquine! S'il ne s'agit pas d'une activité sexuelle, pensez à surveiller votre agenda à la même heure, demain. Évitez le stress! Et reposez-vous. Les heures de sommeil sont en baisse (5h13). Votre activité sportive est régulière, c'est bien, vous vous accrochez (8 x 30 min de yoga ce mois-ci). Calories ingérées/dépensées 2023/1988. Cholestérol 1,8 g/l (votre assurance doit être fière de vous). Alcoolémie à 1,9 g/l à 21h30 (en extérieur, nous déclencherons votre commande Uber à 2 g/l). Essayez de diminuer les grignotages devant votre série préférée, vous créez des pics de glycémie.

Votre consommation d'électricité est supérieure à la moyenne journalière. Pas de panique ! Vous pouvez encore être aussi performant que le mois dernier (460 kWh) en reprogrammant l'heure d'extinction des lampes du salon. Attention à l'eau, vous avez consommé l'équivalent de deux jours (700 l). Pourquoi ne pas privilégier les toilettes sèches ? Elles peuvent vous faire bénéficier de crédits d'impôts.

Un petit coup de main pour les courses ? Améliorons la liste de la semaine dernière : et si nous recommandions des capsules Nespresso ? Vous êtes à court de Ristretto et d'Espresso Hazelnut. Un assortiment de chocolats, pour accompagner votre boisson chaude ?

De petits pas peuvent engendrer de grands changements. Zoé montre des signes d'apaisement. Bravo à elle ! Veillons à ne pas la brusquer par des contacts non désirés. Il existe d'autres solutions que la socialisation forcée. Vous pouvez consolider ses progrès grâce au programme Tous unis contre le TDAH. Des études ont prouvé que les molécules de méthylphénidate apportent un bien-être stable dès la première semaine. Vive la science !

En connexion vidéo ou par message, sauriez-vous distinguer un être humain d'un programme ?
Oui   Non
Si oui, comment ?

Autoriser toutes les applications à accéder à votre emplacement.
Oui   Plus tard

Seriez-vous capable de déterminer le nombre de triangles que contient cette image?

De ces deux images, laquelle évoque le plus un sourire compatissant?

Veuillez cocher toutes les cases où apparaît un bateau.

Aimez-vous rêvasser?

4

Retrouvailles

Quand elle ne se déplaçait pas à vélo, Céline avait une foulée élastique et déterminée. Des compétitions de natation synchronisée auxquelles elle participait adolescente, elle avait gardé une silhouette élancée qui lui permettait de s'habiller comme elle le souhaitait. Mais elle n'abusait pas de ce privilège, livrait sa féminité avec parcimonie, comme une vérité trop éclatante qu'il faut filtrer. Elle privilégiait les derbies montantes, un peu masculines mais *british* sexy-cool, jean droit, chemisier en soie et veste en cuir aux manches trois-quarts. Parfois, elle arborait au poignet la montre héritée de son père, une Lip des années soixante à laquelle Adrien trouvait un côté prolétaire. Elle la portait moins depuis qu'il lui avait offert une montre connectée, arguant que le vestige familial serait plus en sécurité dans un tiroir.

Elle accéléra le pas vers la maison de retraite, pressée d'en sortir avant d'y être entrée. Zoé la suivait quelques pas en arrière. Non seulement parce qu'elle était petite, mais surtout parce qu'elle n'avait aucune envie d'aller voir sa grand-mère. C'était une très vieille grand-mère, par rapport à celles de ses copines. Pas le genre à la garder tous les soirs et la moitié des vacances, ni à commenter avec elle des vidéos d'influenceurs. Tant mieux, d'ailleurs. La distance n'était pas tant le fruit du caractère de la grand-mère que de la réticence de Zoé à se laisser toucher. Depuis toute petite, elle redoutait le contact charnel, et les sécrétions des autres la dégoûtaient plus que tout. Il était impossible de l'embrasser. Mais ce que Zoé supportait le moins, chez la vieille femme, c'était son regard de poisson rouge, quand elle les voyait arriver, ses questions bizarres au sujet d'un mari décédé depuis des lustres, les vieilles photos papier qui sentaient mauvais et qu'elle lui collait sous le nez à tout bout de champ, son désintérêt manifeste quand Zoé lui parlait de ses quêtes numériques dans Riverland.

Quand Céline et Zoé eurent passé la grille et pénétré dans le jardin de la résidence, l'enfant s'arrêta net.

« Je veux pas y aller. C'est moche, ça pue et, de toute façon, elle se rappelle jamais mon nom. »

Céline opta pour l'indifférence et poursuivit sa route, espérant que sa fille redoute d'être laissée seule. Arrivée devant la porte du bâtiment, elle actionna la poignée avec lenteur, avisant la silhouette de Zoé dans le reflet de la vitre, entra et referma derrière elle. Elle attendit quelques secondes et s'agaça de voir que l'enfant, loin de paniquer, s'était assise sur l'herbe et se mettait à arracher des pâquerettes. Elle hésita : monter saluer sa mère et on n'en parlait plus, ou aller d'abord chercher Zoé ? Dans les deux cas, l'affrontement qui se profilait lui semblait insurmontable. Après le stress de la semaine, il fallait encore qu'elle se coltine sa mère acariâtre et sa fille capricieuse ? Non, elle n'irait pas voir sa mère seule. Sans la diversion qu'offrait sa fille, avec les questions récurrentes sur son âge et ses matières préférées, elle ne tiendrait pas. Elle envisagea d'aller prendre un café au distributeur et de s'asseoir sur un banc du jardin quelques minutes, sans rien faire d'autre que de consulter ses fils d'actualité. Mais elle vit un individu s'approcher de Zoé sur la pelouse et, bien qu'elle refusât de se l'avouer, son réflexe de protection fut exacerbé par le fait qu'il était noir. Probablement un livreur qui cherchait son chemin. Mais, dans le doute, elle réajusta l'anse de son sac sur son épaule et sortit. Quand il s'assit en tailleur à côté de Zoé, elle accéléra le pas.

« Je peux vous aider ? » fit-elle en arrivant derrière lui, d'un ton qui contredisait ses paroles.

Il ne réagit pas immédiatement. Zoé était prise d'un fou rire et il riait avec elle, nullement pressé de mettre fin à leur communion. Il hocha la tête avec bonhomie à l'intention de la petite, puis se leva en regardant Céline. Elle porta la main à sa poitrine, les yeux écarquillés, rouge de honte.

« Pierre ? »

Elle se mordilla la lèvre, se balança d'un pied sur l'autre, passa la main dans ses cheveux pour en ordonner les mèches folles, les dérangeant encore plus. Il ne bougeait pas, lui. Il ne paraissait pas surpris de cette rencontre. Il affichait l'air de quelqu'un qui attend la réponse à sa devinette, une profonde fossette creusée de part et d'autre de son sourire.

« Qu'est-ce que tu fais là ? demanda Céline d'un jet.

– Je suis venu rendre visite à quelqu'un, répondit-il évasivement.

– Tes grands-parents ? »

Zoé pouffa et échangea avec lui un regard complice.

« Non, personne en particulier. Quand j'ai du temps et que je suis dans les parages, je demande si un pensionnaire a besoin d'un peu de réconfort, c'est tout. »

Céline fronça les sourcils, guettant l'indice d'une plaisanterie. Qui avait du temps à consacrer à des inconnus ? Comme s'il n'était pas assez compliqué de s'occuper de ses propres vieux, dans une vie normale.

« Et toi ? demanda-t-il en retour.

– Ma mère », répondit-elle en tordant la bouche pour laisser entendre que c'était tout un programme.

Elle ricana et reprit la parole sans respirer.

« Elle est devenue impossible. Elle était déjà bizarre, tu me diras, mais maintenant elle est désagréable au possible et ne s'en rend pas compte, bien sûr, alors en plus elle me fait culpabiliser, et avec les nouveaux protocoles, c'est encore pire parce qu'il faut prendre rendez-vous et que, si tu ne te pointes pas, tu déçois la personne, mais dans ton planning à toi, ça pèse comme un entretien d'embauche. Franchement, j'ai autant envie de la voir que d'aller chez le médecin. Et même…

– Alors n'y va pas », coupa Pierre.

Céline tenta de reprendre son souffle, mais la remarque de Pierre lui demandait un tel effort d'interprétation qu'elle resta à court d'air. Elle rit avec désinvolture pour dissimuler son malaise, ce qui ne fit que le rendre plus manifeste. L'intervention de Zoé n'arrangea rien.

« Maman a super peur de se retrouver là aussi, dit-elle en effeuillant la pâquerette qu'elle venait de cueillir. Elle dit qu'elle préférerait mourir plutôt que de vivre comme un débris aux crochets de la société, à attendre des gens qui ne veulent pas la voir. »

Pierre n'avait pas quitté Céline des yeux et conservait la même expression sibylline.

« Je comprends. Personne ne peut supporter cette idée, dit-il à Céline avant de s'adresser à Zoé, toujours assise par terre : Toi non plus, tu ne voudrais pas finir ta vie ici. »

Zoé haussa les épaules, un peu bravache, avant de clamer :

« Ah non, plutôt crever ! »

Céline leva les bras au ciel, impuissante devant les facéties qu'inventent les enfants, parfois.

« Bon, mais c'est fou de se revoir après tout ce temps ! reprit-elle d'une voix trop aiguë. On avait quoi, seize, dix-sept ans ? Je me rappelle que tu voulais faire du cinéma ! Tu m'avais montré les projets que tu avais montés. C'était super. Mais qu'est-ce que tu nous bassinais avec tes films vietnamiens ! Qu'est-ce que tu as fait, finalement, après le bac ?

– J'ai fait de la philo et je suis parti voyager, d'abord avec une caméra. Et puis je l'ai trouvée encombrante et j'ai continué sans. Et toi ? Tu voulais être grand reporter…

– Oui, comme tout le monde, fit-elle, sur la défensive. Et puis je suis redescendue sur terre. Après une école de journalisme, j'ai tenté la presse écrite, mais il n'y a pas de boulot. Du coup, je bosse sur des émissions de télé. »

Il ne fit pas de commentaires, et elle ne put déterminer s'il n'avait pas entendu, pas écouté, ou s'il trouvait la réponse décevante. Si elle avait su qu'il ne demanderait pas de précisions, elle aurait pris les devants et dit deux mots sur son projet actuel. Elle aurait pu lui exposer les problèmes qu'elle rencontrait, l'exigence de la chaîne, la pression des producteurs et sa recherche urgente d'un monteur fiable. Maintenant, c'était trop tard, il allait croire qu'elle travaillait sur des jeux débiles ou de la téléréalité. Ce qui avait longtemps été le cas, d'ailleurs. Avant de se vexer complètement, elle reprit donc :

« Qu'est-ce que tu deviens ? »

Ce n'est qu'à cet instant qu'elle retrouva suffisamment d'assurance pour l'observer. Il faisait très jeune, malgré la sérénité qui se dégageait de lui. Grand et souple, épaules larges, ventre plat, il avait un corps d'aventurier plus que d'habitué des salles de sport. Son T-shirt, son pantalon de randonnée et ses baskets provenaient probablement de chez Decathlon, mais il les portait si bien qu'il n'aurait pas été ridicule dans un défilé de mode. Elle se surprit à constater que son charisme tenait en partie à une qualité sous-évaluée : il avait l'air en pleine forme.

« Rien de spécial », répondit-il.

Elle le reconnaissait bien là. Il avait de ces répliques nonchalantes avec les professeurs du lycée qui les rendaient fous. Chez un adolescent, ce genre de comportement passait, mais chez un adulte, il relevait de l'incorrection ou des troubles autistiques. Il n'accordait aucun lest à la conversation, comme s'il lui était égal qu'elle se poursuivît ou non.

« Bon, d'accord, moi non plus, je ne fais rien de spécial en matière d'accomplissement révolutionnaire, s'impatienta-t-elle. Je n'ai pas écrit de chef-d'œuvre, ni découvert de traitement contre le cancer. Je veux dire : à quoi occupes-tu ton temps ?

– Je lis, je marche. Je fais un peu de photo.

– Mmmm…

– Mais c'est quoi, ton métier ? » intervint Zoé en détachant exagérément les syllabes.

Céline inclina la tête et désigna sa fille, paume en avant, pour signifier que la question n'était pas si compliquée.

« Je n'ai pas de métier, dit-il en soutenant le regard de Céline. J'écris un peu et je bénéficie de bourses de création, de temps à autre. Je bricole, je cuisine, j'assiste des élèves en difficulté. Je m'allège de toute dette. »

Céline fit un effort énorme pour cacher sa perplexité. Elle avait honte de sa réaction bourgeoise et lui en voulait de la mettre dans la position inconfortable d'une femme trop bien habillée pour un bal populaire. Ne pas avoir l'air désolé, se dit-elle. Ne pas non plus se montrer trop positive. Rester neutre, ne pas émettre de jugement.

« Et… ça te plaît ? »

Raté. Sa voix avait pris un ton trop grave. Il s'amusa de son embarras.

« Oui. Je suis heureux. Je ne fais que des choses qui me plaisent. Et toi ? »

La gorge de Céline se serra. « Que des choses qui me plaisent. » Cette phrase, qui lui avait longtemps semblé fade, facile et ingénue, prenait tout son sens dans la bouche de Pierre. Un éclat de colère durcit son regard. Heureux? Qui pouvait affirmer sans ciller qu'il était heureux? On était content, satisfait, à la rigueur joyeux. Mais personne n'était heureux, autour d'elle. Alors comment ce type improductif et sans ambition pouvait-il être heureux? Et de quel droit lui posait-il cette question?

« Je ne sais pas, il faudrait demander à ma psy », éluda-t-elle.

Il eut la politesse de sourire. Elle était pourtant certaine qu'il n'avait pas trouvé sa phrase très drôle. Pire, qu'il avait perçu son caractère fuyant. Elle n'aimait pas les gens à qui on ne peut pas mentir, ils n'ont aucun humour.

« Je vais y aller, dit-il en faisant mine de consulter une montre qu'il n'avait pas. Je dois animer un atelier poésie dans un orphelinat avant de filer au Secours populaire. »

C'est fou comme la perfection a des aspects détestables, se dit-elle.

« Je plaisante », s'excusa-t-il.

Il rit franchement, cette fois, et elle comprit que son hostilité, expression la plus franche qu'elle avait eue depuis le début de leur conversation, l'avait déstabilisé. Il était donc humain. Et il était irrésistible, quand il le montrait. Supposant qu'elle allait gagner le bâtiment et que leurs chemins se séparaient ici, il s'inclina en guise de salut et fit un signe à l'intention de Zoé.

« Non, on sort aussi, annonça Céline en marchant vers la grille. Tu as raison, rien ne m'oblige à aller voir ma mère. Je reviendrai quand j'y serai plus disposée. »

Sa décision la soulagea instantanément. C'était simple, finalement, de faire un choix.

« Je commande un Uber, reprit-elle en tapotant l'écran de son téléphone. On peut te déposer quelque part?

– Non, je te remercie, j'habite dans le coin. »

Elle leva la tête vers lui, un rictus sceptique aux lèvres. Si ses modiques bourses de création lui permettaient de vivre à Neuilly-sur-Seine, elle voulait bien croire, finalement, qu'il était heureux.

« J'occupe un bout de péniche, là-bas, précisa-t-il en pointant l'index vers l'horizon. Tu vois le bananier qui dépasse? C'est chez moi. »

Zoé roula de grands yeux charmants et tourna sur elle-même, les mains croisées, dans une attitude de chatte.

Une Mercedes noire arriva à leur hauteur. Zoé grimpa dans la voiture à quatre pattes, aussi discrète qu'un éléphant.

« Elle est où, la bouteille d'eau? »

Le regard du chauffeur s'inscrivit dans le rétroviseur. Rien n'indiquait qu'il avait enregistré la plainte de Zoé, son froncement de sourcils ayant été déclenché par la vue de ses pieds sur la banquette. Toutefois, il se pencha, ouvrit un sac à dos à ses pieds et en sortit une canette de Coca. Zoé la saisit du bout des doigts et la considéra avec curiosité. Céline la lui ôta des mains.

« Merci, monsieur, mais elle ne boit pas de soda, elle n'a que neuf ans. »

Dans le miroir, le front du jeune homme se plissa un peu plus et Céline comprit qu'il ne fallait pas insister sur les principes d'éducation nutritive. Pour avoir réalisé quelques interviews dans les quartiers, elle savait que les garçons qui en étaient originaires pouvaient se montrer susceptibles. Elle comprenait, dans un sens. Entre le poids de la religion, l'aspiration à l'intégration, le regard porté sur eux après chaque attentat, ils avaient de quoi se sentir stigmatisés. Céline ne tombait pas dans le piège, elle s'interdisait tout amalgame.

« On boira du jus de pomme à la maison », dit-elle à sa fille en s'asseyant à son tour.

Elle garda cependant un pied au sol, son téléphone en main. La circonspection que la situation inspirait à Pierre ne lui échappa pas. Elle avança le menton vers lui avec une pointe de défi.

« Tu me donnes ton numéro, au cas où ma mère aurait besoin de compagnie ? »

Il salua la taquinerie d'un hochement de tête.

« Je n'ai pas de portable. Mais tu me trouveras dans les pages blanches.

– Les quoi ? » hurla Zoé.

Les joues de Céline s'enflammèrent. Pas de portable ? Ce ne pouvait qu'être une façon de lui signifier qu'il n'avait pas envie de la revoir. Un camouflet, pour elle. Ils avaient été si proches, un temps. Et les hommes ne lui résistaient pas, généralement. Elle dissimula son dépit et lui adressa un petit signe avant de claquer la portière. Les mains dans les poches, il resta planté là jusqu'à ce que la voiture démarre.

« Il est rigolo, le monsieur, fit Zoé en se retournant pour le regarder à travers le pare-brise. Et il est trop beau ! Il ressemble à mon copain Amin. »

Céline n'eut pas le réflexe de demander qui était Amin. Elle se disait la même chose. Il était rigolo, Pierre. Et il était très beau. Elle pivota aussi et le vit marcher dans la direction opposée d'un pas tranquille, poitrine ouverte, tête haute. Il n'avait pas l'air d'aller où que ce soit. Il se promenait.

« Oui, c'est un drôle de type », confirma Céline.

Elle s'abîma dans des réflexions d'autant plus confuses que la voix de Pierre roulait comme une vague dans sa tête, charriant des propos gorgés d'absolu qui lui rappelaient son adolescence, pour le meilleur et pour le pire.

5

En Uber

Durant le trajet de retour, Céline broya du noir. Du coin de l'œil, elle observait Zoé qui regardait un dessin animé sur sa tablette.

Elle culpabilisait de ne pas être allée embrasser sa mère. Qu'est-ce qu'il lui avait pris de croire qu'elle pourrait se pardonner cette négligence? Comme si un instant de fanfaronnade devant Pierre valait le remords qu'elle éprouvait et la solitude qu'elle infligeait à sa mère. En plus, s'il y avait une personne qui ne voyait pas dans la famille un sujet de plaisanterie, c'était bien lui.

Elle s'en voulait toujours, de toute façon. Qu'elle reste vingt minutes ou trois heures, qu'elle vienne les mains vides, qu'elle apporte un livre, une orange ou des fleurs, qu'elle lui masse les pieds, les paumes, la redresse dans son lit ou qu'elle se réjouisse de la trouver endormie, qu'elle lui conte une histoire, partage un souvenir ou lui relate sa journée, qu'au contraire elle s'impatiente et s'agace des questions répétées, des réponses oubliées, qu'elle parvienne à l'embrasser ou qu'elle se fasse rabrouer, qu'elle y aille ou qu'elle n'y aille pas, elle s'en voulait.

Elle avait toujours préféré son père, et la mort de celui-ci ne les avait pas rapprochées. Elle avait tenu sa mère à l'écart pendant des années, et elle ne pouvait que se reprocher d'avoir perdu un temps précieux qu'elle ne pouvait plus rattraper, maintenant que la vieille femme avait perdu la raison.

Pierre l'avait mise en garde, pourtant.

« Ton père t'est plus cher parce que tu as peur de le perdre, lui disait-il au lycée. Si c'était ta mère qui avait un cancer, ce serait l'inverse. »

Il avait raison, bien sûr. Son père lui répétait depuis son plus jeune âge qu'il ne la verrait pas grandir et qu'il voulait profiter d'elle au maximum. À six ans, Céline refusait d'aller jouer chez les voisins, de peur qu'à son retour il n'ait disparu. À douze ans, elle ne voulait toujours pas entendre parler de colonie de vacances. Lorsque sa mère, qui affichait une santé insolente, insistait pour que leur fille sorte, s'amuse et rencontre des amis, Céline voyait là une manigance de femme jalouse. Elle avait compris trop tard que sa mère œuvrait pour la protéger de la solitude.

Le deuil de son père avait été difficile. Elle s'était sentie flouée.

« Ce serait dommage, de ne pas mourir », lui dit un jour Pierre, alors qu'elle prononçait le mot « injustice » pour la énième fois.

Ses propos de vieux sage – ou de fou – la rendaient si perplexe qu'elle en séchait ses larmes.

« Ah bon ?

– Bien sûr. On ne vit que pour cet affrontement. C'est le plus beau, le plus grand, et le seul véritable combat qui vaille la peine d'être mené. Ne pas affronter la mort, c'est renoncer au sens de la vie. Sois heureuse, Céline. Ton père a vaincu la mort. »

Pas plus aujourd'hui qu'à l'époque, elle ne voyait ce que son père avait gagné dans ce prétendu combat. Contrairement à ce qu'il lui avait promis à la fin de sa maladie, jamais il ne lui avait fait signe depuis l'au-delà, jamais il ne s'était manifesté à elle d'une quelconque façon. Il l'avait laissée seule avec son chagrin.

Une fois qu'elles furent arrivées à la maison, elle servit un jus de pomme bio à Zoé. La petite fille n'eut pas un regard pour elle en se hissant sur un tabouret face au bar avec sa tablette, ni en buvant la moitié de son verre. Céline vint se placer derrière elle et eut un élan irrépressible. Elle caressa les cheveux de sa fille. Zoé sursauta.

« Pardon, ma chérie. »

La fillette haussa les épaules et se décala légèrement pour se soustraire à son contact. Céline put ainsi voir les images sur l'écran. Il s'agissait encore de cette série d'animation étrange que sa fille suivait de manière insatiable : *Les aventures de Céline Lambert, alias Maman*. On y voyait Céline nourrisson découvrant les sons et les couleurs, Céline bébé trébuchant dans le salon, enfant sur son vélo au milieu des champs, jouant avec un chat, une peluche. C'était bien sa vie, qui se déroulait d'un épisode à l'autre, et c'était bien sa physionomie, qui évoluait. Le personnage avait été généré d'après les archives personnelles de Céline, et la trame narrative comblait les événements non documentés en puisant dans diverses bases de données disponibles en ligne. C'était l'idée d'Adrien. Dans la foulée, il avait également formaté *Les aventures d'Adrien Guy-Müller, alias Papa*. Selon lui, il n'y avait pas meilleur outil de compréhension au sein d'une famille. Bien sûr, il fallait faire évoluer la proposition en fonction de l'âge du spectateur. Si Céline voulait voir un biopic sur Adrien, elle avait le choix entre différents traitements, de la douce vision Miyazaki à la rude version Haneke. À partir de la même trame et des mêmes archives, le programme pouvait donner le caractère souhaité. Action, romance, noir, et même classé X. Adrien était rempli d'admiration pour les codeurs de ce logiciel, dont il avait âprement négocié l'acquisition pour ses clients.

Mais Céline entrevoyait des effets secondaires à ce que leur vie soit livrée sans restriction et sans limite à leur fille. Le premier effet, elle en était persuadée, était la dévaluation de leur présence réelle à ses côtés. Si elle pouvait les avoir sous la main en permanence, les convoquer à toute heure du jour et de la nuit, elle n'éprouverait jamais le manque.

Céline alla s'asseoir en face de Zoé et croisa les bras. Elle ne la quittait pas des yeux, ce que l'enfant fit mine de ne pas remarquer. Céline eut une pensée cruelle. Une pensée de mère égoïste. Un jour, sa fille perdrait son père, puis sa mère, et, à son tour, elle se retrouverait seule face à ses souvenirs en creux, et sa tablette ne lui serait d'aucun secours. Peut-être se rappellerait-elle cet après-midi où elle avait repoussé la caresse de sa mère, et toutes les fois où elle s'était dérobée à ses baisers. Ce serait le temps des regrets. À son tour de faire partie de la génération qui culpabilise. Elle affirmerait vouloir tout donner pour revenir en arrière et embrasser sa mère. Et il serait trop tard.

Mais peut-être pas. Si, comme elle le craignait, Zoé perdait toute capacité de projection, elle n'aurait jamais peur de perdre ses parents, elle n'éprouverait jamais l'absence, ni de leur vivant ni après leur mort. Les croyant immortels, elle ne pourrait jamais mesurer leur valeur. Elle les convoquerait d'une simple pression du doigt, comme elle faisait depuis tout à l'heure devant son écran.

Agacée par le poids du regard fixé sur elle, Zoé finit par retirer un écouteur.

« Ça va, M'man ? »

Céline n'avait jamais évoqué la mort avec Zoé, estimant qu'elle était trop jeune. Mais elle déplorait qu'aucun questionnement ne lui vienne à ce sujet. Il lui semblait qu'à cet âge un enfant normalement constitué se serait interrogé sur la disparition de la voisine du dessous, qui était si gentille avec elle jusqu'au mois dernier. Ou qu'il aurait demandé si ses parents allaient disparaître, un jour. Mais Zoé ne pleurait même pas devant Bambi.

Céline hésita. Elle prit la parole après s'être assurée que sa voix ne tremblerait pas.

« Tu sais que je veillerai toujours sur toi, n'est-ce pas, ma chérie ? Même si je ne suis plus là. »

Zoé la considéra d'un air détaché et affirma, un petit sourire en coin :

« Mais tu seras toujours là. »

L'aplomb de sa fille la troubla. Elle avait donné à sa voix un accent définitif que Céline perçut comme un point final aux réflexions qu'elle menait.

« Non, je ne serai pas toujours là. »

Zoé fronça les sourcils, comme si sa mère délirait.

« Si. »

La résistance de l'enfant avait quelque chose d'inconvenant, mais Céline prit sur elle pour ne pas la brusquer.

« Zoé, dans un sens, tu as raison, chuchota-t-elle. Mais un jour, tu ne pourras plus me voir en face de toi, ni ton père. On ne sera plus là, on disparaîtra. Bien sûr, ce sera dans très longtemps. Dans des années, peut-être dans…

– Et ma tablette, elle disparaîtra aussi ? »

La question décochée par Zoé vint se ficher dans le cœur de Céline.

Elle avait réussi à inculquer à sa fille de nombreuses valeurs, telles la volonté, la confiance en soi, l'affirmation de sa personnalité. Mais elle avait échoué à lui transmettre l'essentiel : l'amour, qui se révélait dans la conscience de la finitude de toute chose. Elle était pour l'instant hermétique à l'enseignement fondamental qui avait accompagné l'humanité pendant des millénaires, en ne redoutant pas la mort de ses proches.

Céline se rendait compte que, dans ce monde, sa mort ne serait pas pleurée, que sa disparition ne serait un drame pour personne, et elle s'apitoya un instant sur son sort, en même temps que sur celui de Zoé, qui se transformait en animal à sang froid. Elle se concentra de nouveau sur sa fille, les lèvres pincées.

« Ta tablette, je n'en sais rien ! éclata-t-elle finalement. Ta tablette vivra peut-être mille ans. Mais pas moi ! Moi, je vais mourir, et ton père aussi, et un jour tu n'auras plus personne pour t'aimer comme nous, pour supporter tes caprices, plus personne à repousser comme tu le fais sans cesse ! »

Zoé s'était tétanisée et sa lèvre inférieure se mit à trembloter comme de la gelée. Les sanglots suivirent, et les bouillons de larmes. Céline se reprocha immédiatement son débordement. Quelle mère souhaitait un deuil difficile à sa fille ? Était-elle un genre de Vito Corleone, de Sarah Bernhardt, pour fantasmer des obsèques grandioses où le chagrin dévale les rues de la ville à flot continu ?

« Pardon, ma chérie, balbutia-t-elle. Pardon. Je ne voulais pas te faire de peine. Et puis, tout va bien, nous sommes là. »

Elle répéta ces mots plusieurs fois, les mains tendues. Dans ces moments-là, il lui était insupportable de ne pouvoir la toucher. Le film se poursuivait sur la tablette de Zoé. Elle cliqua sur pause et leva un visage barbouillé de désarroi vers sa mère.

« Si tu allais étudier un peu dans ta chambre, ma chérie ? reprit Céline plus doucement. Je vais travailler avant que ton père rentre. »

Elle n'avait pas du tout la tête à travailler. Son esprit faisait des allers-retours entre le visage de Pierre, qui charriait de nombreux souvenirs de temps difficiles mais intenses, et Adrien, qui ouvrait la voie d'un avenir sans fin.

6

Un vin de Touraine

« C'est le gars qui était amoureux de toi au lycée ? demanda Adrien. Celui qui faisait des clips ? »

Derrière le bar, il se servit un verre de vin depuis une impressionnante carafe, puis reposa délicatement l'aérateur sur le goulot. Il replaça la carafe sur son support électronique, à équidistance des deux verres. Il fit tourner le liquide, le huma et le goûta avec un petit bruit de succion. Son claquement de langue, preuve qu'il était satisfait, exaspéra Céline. Il faudrait qu'elle le lui signale, un jour. Elle ne supporterait pas ce tic pendant vingt ans. Encore moins pendant des millénaires. En réaction, elle avala une franche rasade sans l'attendre. Ce soir, elle avait envie de sentir l'alcool inonder ses veines avec brutalité.

« Pas des clips, des courts-métrages, rectifia-t-elle. Il avait des idées super…

– Il fait quoi, maintenant ? »

Alors que c'est une des premières questions qui lui étaient venues à l'esprit devant son ami d'enfance, elle la trouvait vulgaire dans la bouche d'Adrien.

« Je ne sais pas trop, éluda-t-elle. Il lit, il écrit, fait des travaux à droite, à gauche…

– Il est au chômage, quoi, l'interrompit Adrien. Il n'a pas dû oser te le dire, de peur que tu ne le prennes pour un loser.

– Il n'y a pas de mal à être au chômage.

– Si ça se trouve, c'est pire. Il est au RSA. »

Quand même pas, se dit-elle. Mais elle n'en savait rien. Adrien vint s'asseoir à côté d'elle et tendit son verre.

« Dans les yeux, ordonna-t-il en faisant tinter le cristal. Ou alors c'est sept ans de faillite. »

Elle se demandait pourquoi il éprouvait encore le besoin de formuler un usage si banal et d'y mettre autant de solennité que s'il s'engageait auprès des chevaliers de la Table ronde. Il plongea la main dans le ramequin de cacahouètes et s'amusa à les lancer en l'air avant de les gober.

« C'est pas un genre de punk à chien, quand même ?

– Mais non. »

Si Zoé n'en avait pas été témoin, elle ne lui aurait pas mentionné cette rencontre. Non qu'elle eût quoi que ce soit à cacher, mais Adrien avait tendance à mépriser toute personne qui n'avait pas pour objectif de devenir milliardaire, et, s'il lui arrivait de partager son cynisme, elle n'avait pas envie de le voir dirigé contre Pierre.

« C'est pas mal, hein ? fit Adrien en désignant une boîte en carton portant l'inscription *Mon p'tit ballon*. Je n'ai jamais été déçu par leurs choix, jusqu'à présent. Sauf le sauvignon du mois de janvier, mais je ne suis pas fan des vins de Touraine, alors c'est un peu biaisé. »

Il avait souscrit l'offre « L'âge de raisin », qui lui permettait de recevoir chaque mois « deux bouteilles pépites de petits producteurs », sélectionnées par l'ancien chef sommelier du Ritz en fonction du profil qu'il avait rempli sur le site, élégamment emballées dans un carton aux couleurs peps et accompagnées de leurs fiches de dégustation. Au fil du « parcours découverte », Adrien avait la sensation de se professionnaliser. Il était passé à la gamme « Fleur de l'âge » à 79,90 euros par mois, réservée aux experts exigeants. Au moment de servir le vin, lors des dîners entre amis, ses explications gagnaient en précision.

« Donc le gars a décidé de ne pas travailler ? questionna Adrien, voyant que Céline ne rebondissait pas sur le souvenir du vin de Touraine.

– De ne pas travailler pour une entreprise, en tout cas, tempéra-t-elle.

– Oui, enfin, c'est pareil. Dans une économie globalisée, si on pouvait ne pas travailler, ça se saurait. »

Zoé débloua de sa chambre, sa tablette à la main.

« J'ai fini la lecture », cria-t-elle en sautant sur le canapé à côté de son père, genoux en avant.

Nulle trace de leur brouille ne subsistait chez l'enfant. Céline lui adressa un sourire enveloppant, heureuse de constater la plasticité de son caractère.

« Tu as lu tout le chapitre 3 ? demanda-t-elle. Tu veux qu'on le relise ensemble ?

– Non, maintenant je veux jouer avec les copains. »

Ils essayaient régulièrement de réintroduire du contact social dans la vie de Zoé. Ils avaient voulu l'initier à l'anglais avec une vraie personne, ils avaient invité la fille des voisins pour le goûter, proposé de l'inscrire au centre aéré… Rien n'y avait fait, l'enfant ne supportait pas la proximité des étrangers. Elle ne tolérait pas tellement mieux celle de sa famille. De toute façon, elle pouvait apprendre les langues qu'elle voulait sur sa tablette, et Adrien avait commis l'erreur de lui donner raison.

« Elle est comment, ton application d'histoire ? fit-il.

– Elle est super. Mais il faut que je répète beaucoup pour dire les mots parfaitement. »

Adrien tendit la main vers l'appareil, que Zoé lui remit d'un air boudeur. Il navigua sur l'application et ouvrit un paragraphe sur la suggestion du professeur, un canard affublé de lunettes rondes.

« Les pharaons d'Égypte se faisaient momifier pour atteindre la vie éternelle, lut-il.

– Je ne reconnais pas ta voix, Zoé. Tu as bien changé. »

Zoé hurla de rire.

« Qu'il est bête! » s'exclama-t-elle.

Adrien relut la phrase et déclencha une nouvelle réaction de méfiance de la part du canard. Zoé se tordait maintenant sur le canapé, le doigt pointé vers l'écran.

« Il est trop bête! Il est trop bête! »

Elle différenciait les heures où son père tolérait les cris perçants et les acrobaties à la tenue qu'il portait. En « pilou », il lui passait tout. Pourtant, cette fois-ci, malgré sa tenue décontractée, il affichait une mine grave.

« N'insulte pas ton professeur, Zoé, dit-il. Il se charge de ton éducation, il a droit à tout ton respect. »

Pensant qu'il plaisantait, Céline attendait la suite. Mais lui attendait que Zoé hoche la tête en signe d'assentiment.

« Tu es sérieux? s'étonna Céline. Tu penses vraiment qu'on doit témoigner du respect à la représentation d'un poulet sur un écran? »

Adrien la dévisagea, choqué.

« Ce n'est pas ce que je pense, c'est la loi. On n'a pas le droit d'insulter qui que ce soit. Peu importe qu'il s'agisse d'un poulet, d'une fourmi ou d'une simple icône. Pour apprendre le respect, il me semble important de commencer par ce qu'on a sous les yeux tous les jours. Peu importe que la personne ne nous ressemble pas. On doit respecter tout le monde, même les êtres numériques. Autrement on tombe dans la barbarie. »

Céline s'apprêtait à protester contre le terme « êtres », mais se rendit compte qu'elle n'avait pas suffisamment réfléchi à la question. Elle qui avait tant à cœur le vivre-ensemble ne pouvait le contredire s'il s'agissait d'étendre le devoir de courtoisie à toute forme de communication. Elle se laissait souvent aller à insulter des chatbots, par exemple, et elle savait qu'elle donnait ainsi à Zoé un mauvais exemple de comportement. Adrien reporta son attention sur l'enfant.

« Ton professeur est consciencieux, en tout cas. Tu vas pouvoir faire des études très longues ! Interminables ! Jusqu'à tes quarante ans !

— Je ne veux pas faire d'études, je veux jouer ! articula Zoé entre deux éclats de rire.

— Tu veux jouer ? Mais, pour jouer, il faut travailler beaucoup, d'abord. Si tu trouves un bon boulot ou, mieux, si tu montes ta boîte, tu pourras jouer tant que tu veux. Autrement, tu finiras comme le gars que vous avez vu cet après-midi, avec Maman, et tu ne pourras rien faire de ta vie.

— Je crois qu'il a fait des études, corrigea Céline. Il doit avoir une licence ou un master de philo. »

Adrien leva les yeux au ciel.

« Non, je veux dire de vraies études, qui te permettent d'entreprendre des choses, dans la vie. De la philo… Qu'est-ce que tu fais avec ton diplôme, après ? Hein, Zoé ? »

Zoé hocha gravement la tête, les yeux humides d'avoir trop ri. Elle se rattacha les cheveux, glissa du canapé pour s'installer par terre, de l'autre côté de la table basse. Son royaume s'étendait jusqu'à la porte-fenêtre et englobait tous types de jouets. Peluches, poupées, Lego, voitures, poneys, origamis, cahiers de coloriage, pâte à modeler, xylophone, perles, fléchettes… Elle recevait une boîte-cadeau chaque semaine, son père l'ayant notamment abonnée à Pandacraft, Little Cigogne, ainsi qu'à Carotte et Chocolat pour qu'elle apprenne à faire des gâteaux. Les parents en avaient ainsi terminé avec la corvée des magasins de jouets, les crises de nerfs qui ne manquaient pas de s'y dérouler quand elle les accompagnait, ou la moue boudeuse qu'elle leur infligeait quand ils avaient fait le mauvais choix. Ses humeurs exubérantes n'avaient pas disparu, mais elles n'étaient plus dirigées contre eux, et ils pouvaient actionner la carte de la complicité pour l'amadouer : « C'est vrai que, ce mois-ci, ils ne se sont pas foulés, chez Lib&Lou. » Elle se lassait vite, et si quelqu'un avait l'audace de manipuler ses affaires, elle n'y touchait plus, effrayée par les microbes. À moins d'employer des gants, on ne pouvait donc compter que sur son bon vouloir pour libérer un peu l'espace. Et puis, livraison après livraison, aucune ne rivalisait avec la tablette que son père avait fini par lui offrir pour ses huit ans. Ce n'était pas si cher payé, pour une telle ouverture sur le monde, une façon unique de nouer et d'entretenir des amitiés. Zoé avait immédiatement pris le pli, elle avait le clic facile et ne lésinait pas sur les hugs et les bisous numériques.

Voulant faire son intéressante, elle ignora ostensiblement la tablette, posée sur la table basse. Pour compenser le plaisir qu'elle imaginait ainsi offrir à ses parents, elle saisit avec brutalité la notice d'une grue à construire, l'ouvrit sur ses genoux, tapa dessus du plat de la main et chercha autour d'elle les pièces nécessaires, qu'elle rassembla avec des mouvements brusques. Le socle, qu'elle trouva en dernier et qu'elle ramassa en tendant les bras pour ne pas se déplacer, effleura un fauteuil. Adrien grimaça.

« Doucement, Zoé.

– C'est juste du carton, le rassura Céline.

– C'est juste du cuir à mille balles », répondit-il.

Le nom du modèle lui échappait. Il savait uniquement qu'il s'agissait de la réédition d'un fauteuil culte des années cinquante. Malgré les protestations de Céline, il avait confié le soin de la décoration à une application formidable. Elle avait cédé, consciente qu'elle disposait de peu de temps pour chiner meubles et tissus qui lui plairaient vraiment et qui constitueraient un intérieur personnel. Et elle ne l'avait pas regretté. Après avoir analysé leurs références respectives, le programme avait su maintenir la balance entre confort et design, valeurs sûres et avant-garde. Il avait compris qu'ils n'étaient pas sensibles aux références classiques et qu'ils ne comprenaient rien à l'art contemporain. Ils n'étaient pas *urban art* pour autant, et l'époque dans laquelle il fallait piocher était plutôt serrée. Mais le résultat se révélait satisfaisant. Au-dessus du canapé en velours taupe trônait la reproduction d'une photo de Doisneau représentant Paris. Sur le bar, une mini-Pipistrello éclairait des livres de recettes, des cocktails surtout, au-dessus desquels était accroché un Vasarely à carrés rouges et bleus. Ils aimaient bien les boîtes de soupe de Warhol, également suggérées par l'application. Ça leur parlait. Ils avaient tout de même émis une idée propre, ou du moins qu'ils n'avaient pas conscience d'avoir vue chez quelqu'un d'autre : le grand cadre doré au-dessus de la cheminée. Juste un cadre, sans rien dedans. Parmi leurs amis, les femmes y voyaient l'expression d'une fantaisie qui leur ressemblait bien. « On peut projeter ce qu'on veut, s'extasiaient-elles. C'est très intéressant. » Quant aux hommes, la plupart du temps, ils ne le remarquaient pas.

« Excuse-moi », fit Adrien en penchant la tête vers Céline.

Elle leva son verre pour lui signifier qu'elle ne lui tenait pas rigueur de son intonation. Après plusieurs phases de tension dans leur couple, ils avaient suivi les conseils d'une application de diplomatie matrimoniale dont Adrien voulait tester les capacités. Ils y avaient appris la désescalade. Certaines attitudes agissaient comme des portes coupe-feu dans une dispute et, maintenant qu'ils s'étaient habitués à les adopter, ils ne laissaient plus que rarement une discussion déraper. Grâce à MarryMeAgain, ils avaient découvert le pouvoir des excuses.

Ils observèrent leur fille quelques secondes, un peu effrayés par la raideur avec laquelle elle alignait des figurines.

« Elle me fait peur, parfois, avec sa gestuelle à la Mussolini »,
murmura Adrien.

Il avala une nouvelle gorgée de vin et frotta son T-shirt à
l'effigie de Guns N' Roses au niveau d'une tache qu'il avait
cru faire. Ayant produit l'effet désiré, Zoé reprit sa tablette,
l'essuya soigneusement avec une lingette, ajusta ses écouteurs
et s'immergea dans son jeu habituel. Elle fit coucou à ses amis
et leva la tablette pour que ses parents les voient. Elle respectait
leur souhait de leur présenter chaque nouvelle personne avec
laquelle elle entrait en contact.

« Il y a Anatole, Louise et Nil, dit-elle. Billie va bientôt dîner.
Et lui, c'est Amin, il vient d'emménager. Son père est architecte
et sa mère avocate. »

Adrien adressa un clin d'œil à Céline.

« Elle a déjà tout pigé, cette gamine. »

Amin avait une bouille irrésistible. Céline comprit le rapprochement qu'avait fait sa fille avec Pierre. Il était noir. Elle était
contente qu'elle ait enfin un copain de couleur. C'était important pour son ouverture d'esprit. Il n'y en avait pas beaucoup,
sur l'application Récréation, sans doute parce que l'abonnement coûtait cher. Son prénom laissait entendre qu'il était de
culture musulmane, ce qui rendait sa fréquentation encore
plus enrichissante pour Zoé. À condition bien entendu que sa
famille ne soit pas trop pratiquante et respecte le principe de
laïcité. À condition aussi que sa mère ne porte pas le voile, ou
du moins pas comme certaines femmes que l'on peut voir dans
les sujets d'actualité à chaque rentrée scolaire. À ces réserves près,
Céline était ravie que la diversité s'invite dans la vie de sa fille.

« Il t'a rappelée, finalement, le remplaçant que tu avais
contacté ? » lui demanda Adrien.

Il prenait toujours à cœur les soucis qu'elle rencontrait au
boulot. Il avait retenu que sa nouvelle émission exigerait du
temps et de l'énergie, mais qu'elle tenait à relever ce défi qui lui

permettrait de décrocher le poste de productrice et d'intégrer la chaîne qu'elle aimait tant. « En plus, c'est un beau projet », avait-elle dit. Un programme politique, qui la changeait des reportages culinaires.

« Le monteur ? Non, aucune nouvelle. Il faut vraiment que je trouve quelqu'un de fiable. Et de bon. Sinon, ils vont encore déléguer la tâche à un logiciel.

– C'est pourtant ce qu'il y a de mieux, non ?

– Peut-être. Mais je n'y suis pas encore suffisamment habituée. »

Adrien lui épargna l'inventaire des avantages qu'il y avait à travailler avec un programme. Elle baissa les yeux et, par mimétisme, fit tourner le vin dans son verre.

« J'ai une super idée, annonça-t-il.

– Ah ?

– On commande à manger ? s'emballa Zoé. Elle a faim ! »

Elle pointait du doigt son eMoi sur la porte du frigo.

« Tu ne devines pas ? fit Adrien à Céline. Vraiment pas ? »

Il termina son verre et le posa victorieusement sur la table basse, exactement au centre du sous-verre en feutrine de Finlande, puis tendit le cou vers sa femme. Ses pupilles se dilatèrent et un afflux de sang colora le velours de ses joues. Céline ne put s'empêcher de penser à une laitière normande. Elle pinça les lèvres.

« Il est tout trouvé, ton gars ! Tu vas aller le chercher sur sa péniche, tu interrompras sans doute sa sieste, et il sera tellement heureux de bosser, pour une fois, qu'il mouillera sa chemise. Et toi, tu fais d'une pierre deux coups, si je puis dire : tu as ton remplaçant et tu permets à un pauvre garçon de se remettre en selle. Elle est pas belle, la vie ? »

S'il lui avait suggéré d'embaucher Zoé, elle ne l'aurait pas regardé autrement.

« N'importe quoi, dit-elle en emportant les deux verres vides à la cuisine. Bon, on commande quoi, ce soir ?

– Des bagels ! » hurla Zoé sans quitter son écran des yeux.

Vingt minutes plus tard, le repas était livré. Zoé retira ses écouteurs et accourut, grimpa sur un tabouret devant le bar et s'aspergea les mains de gel. Adrien sortit les sandwichs et les disposa sur une assiette. Zoé émit un cri perçant.

« Qu'est-ce qu'il t'arrive ? fit Adrien, le front plissé.

– Les mains sont pas lavées !

– Si, je me suis lavé les mains en rentrant, tout à l'heure.

– Oui, mais là, tu as touché l'écran, le sac et le livreur ! »

Il pencha la tête, penaud. Sur l'écran du réfrigérateur, l'eMoi de Zoé agitait l'index en lui faisant les gros yeux.

« Si tout le monde s'y met », soupira Adrien en se savonnant les mains.

Céline ne dit rien. Elle ne s'était pas encore habituée à l'affichage de leurs avatars respectifs sur la porte du frigo. Adrien avait récemment remplacé la photo familiale par un écran interactif en énonçant les nombreuses commodités qu'il apporterait. En effet, ils n'étaient plus jamais à court d'aucun produit, ils pouvaient optimiser leurs emplois du temps ou suivre les dernières actualités. Mais Céline se demandait si les eMois ne se montraient pas trop directifs, parfois. Et le fait qu'ils restituent en temps réel les émotions de leurs humains respectifs devant toute la famille pouvait constituer une violation de leur intimité. Mais bon, elle n'avait rien à cacher, après tout. Elle entama son bagel, les yeux rivés sur sa fille qui essuyait le sien avec sa serviette d'un air dégoûté. Elle se détourna avant la fin de l'opération et se concentra sur ses préoccupations professionnelles.

« Papa, je pourrai inviter Amin à mon anniversaire ? demanda Zoé à son père.

– Bien sûr, ma chérie. »

Céline cogitait. La suggestion d'Adrien n'était pas si absurde, finalement. Pierre avait sans doute les compétences nécessaires en montage. Et l'occasion était parfaite pour le revoir. Parce que, le vin aidant, elle commençait à s'avouer qu'elle ne voulait pas en rester là. C'était trop bête.

« Tu es en train de comprendre que ton mec est génial, c'est ça ? » fit Adrien en la rejoignant près du bar.

Elle lui sourit.

« Je peux toujours lui proposer.

– Sinon, je te télécharge *L'e-montage pour les nuls* et tu bachotes la programmation. Tu pourras demander dix versions à ton e-monteur sans qu'il se vexe. »

C'était tentant. D'autant plus qu'elle avait rencontré un certain nombre de monteurs susceptibles, qui se braquaient à la moindre demande de modification. Mais il était hors de question qu'elle se fasse la main sur le logiciel avec cette émission.

« Je n'ai pas son numéro.

– On va trouver. Personne n'est injoignable, de nos jours. À moins d'être zadiste ou SDF. Mais ce n'est pas son cas, je suppose. »

Elle ne précisa pas que Pierre avait affirmé ne pas avoir de portable. Que ce fût vrai ou non, il n'en paraîtrait que plus marginal aux yeux d'Adrien.

Après le repas, une fois que Zoé fut couchée, Adrien proposa de faire quelques recherches sur Internet.

« Il faudrait pas qu'on t'accuse d'avoir embauché un psychopathe. »

Céline entra son nom sur Google et une première photo apparut, sur le site de la Sorbonne.

« Ah oui, j'avais oublié qu'il était black, commenta Adrien. Beau gosse. Il fait très mannequin Ikea. Ou barista Starbucks. »

Elle leva l'index. L'avertissement n'avait rien de menaçant. Il s'agissait juste d'un code qu'elle avait instauré pour lui signaler un propos déviant. Un pour le racisme, deux pour le biais de genre, trois pour la grossophobie. Mais Adrien n'était rien de tout cela, bien sûr. Il la faisait marcher. En contrepartie, il pointait ses paroles complotistes en formant les cornes du diable, avec son index et son auriculaire.

« Si tu peux lui proposer un vrai job, continua-t-il, il t'en sera sans doute reconnaissant. »

Pour Céline, il n'avait à lui être reconnaissant de rien du tout, mais à l'idée de lui proposer un boulot, elle eut tout de même l'impression de rééquilibrer la balance. Elle tenait là, enfin, l'occasion de lui témoigner sa gratitude pour tout ce qu'il avait fait au moment du décès de son père.

« Alors ? » fit Adrien en désignant l'écran.

Après avoir soutenu une thèse en philosophie comparée, Pierre avait réalisé des reportages photographiques dans plusieurs pays. Il avait ensuite publié un ouvrage, *Liquidations*, qui avait bénéficié de quelques critiques élogieuses dans des journaux communautaires.

« C'est déjà pas mal, mais c'est pas avec des articles dans *Africa Gazette* ou *Le Courrier sénégalais* qu'il va choper le Goncourt. En même temps, je comprends qu'un Africain veuille écrire pour son peuple. Charité bien ordonnée…

— Il est guadeloupéen, précisa Céline. Et je ne suis pas certaine qu'il s'adresse à un peuple en particulier.

— Pourtant, les recensions sont plutôt issues de France-Antilles que de France Inter. Ah, il y a le *Huff*, quand même, pour qui il s'agit d'un "magnifique roman sur l'inclusivité des technologies numériques"… Ça ne sonne pas très guadeloupéen.

— Il n'est pas obligé d'écrire des trucs guadeloupéens, si ?

— Non, mais du coup ce n'est pas clair, tu le vois toi-même : il est guadeloupéen, mais il veut écrire sur la numérisation. On n'y comprend rien et les journalistes sont perdus. »

Céline hocha la tête, pensive. Elle ne pouvait s'empêcher de penser que c'était dommage, en effet, que peut-être Pierre passait à côté des vrais sujets. Elle avait toujours eu du mal à comprendre sa désaffection pour le combat capital contre la culture blanche, patriarcale et hétéronormée. À l'époque et aujourd'hui encore, elle aurait adoré manifester à ses côtés, une banderole antifa brandie au-dessus de la tête, elle les voyait avancer farouchement face aux CRS, braver les matraques et les gaz lacrymogènes, se faire bousculer, tenir debout malgré tout, trébucher, se relever, esquiver les coups et les nasses, s'attraper la main pour s'enfuir, courir à toutes jambes l'un derrière l'autre pour échapper aux militants d'extrême droite, reprendre leur souffle et rire ensemble… Elle se laissa entraîner dans des visions héroïques. Jusqu'à se rendre compte que cette aspiration lui venait moins de ses convictions que de l'effet du clos-vougeot.

« Tu as rangé les verres ? Je me resservirais bien un peu de vin », dit Adrien en se levant.

Il passa derrière le bar et empoigna la carafe. Le support électronique émit un bip discret. Sur le frigo, son eMoi lui signala qu'il avait atteint un taux d'alcoolémie de 0,45 gramme. Le personnage écarta les mains, paumes en l'air, et mima l'hésitation.

« C'est vrai, j'ai une grosse réu, demain. »

Céline n'avait pas prêté attention à ces atermoiements. Elle décortiquait mentalement les dernières secondes de sa rencontre avec Pierre.

Comment avait-il pu ne pas insister pour la revoir ?

Sur le réfrigérateur, son eMoi souriait dans le vide.

Hey, Zoé !

Tu as aimé *Trolls*, n'est-ce pas ? Alors tu apprécieras sans doute *Nimona*. Et si je me trompe, dis-le-moi franchement. Je ne me vexerai pas, promis ! J'aimerais te proposer les meilleurs films du monde pour que tu ne sois jamais déçue.

Connais-tu la vidéo du chiot qui chante ?

Je peux te poser quelques questions ?

Est-ce que tu préférerais manger des épinards ou des crottes de nez ?

Tu aimerais mieux avoir un bébé crocodile ou un koala, en animal de compagnie ?

Quelle est la première chose que tu as envie de faire le matin, quand tu te réveilles ?

Regarde les photos suivantes et dis-moi quel chaton tu trouves le plus mignon. Tu le veux ? Je crois qu'il t'aime bien. Lui, il t'a adoptée, en tout cas.

D'après toi, qui prend les décisions les plus importantes, à la maison ?

Tu t'es brossé les dents, avant de te mettre au lit ?

7

Routine matinale

La grandiloquente « Conquest of Paradise » de Vangelis emplissait le dressing. L'application de streaming avait décelé qu'Adrien était en mode Blitzkrieg, ce matin.

Dans le miroir, il observait sa silhouette d'un air insatisfait. Sa chemise blanche cintrée le serrait à la taille. S'il ne se reprenait pas en main, bientôt le tissu bâillerait entre les boutons.

« Plus que trois, quatre kilos et je vais bientôt te ressembler ! plaisanta-t-il dans le micro de ses écouteurs.

– Pardon ? s'indigna Céline depuis la chambre.

– Non, je parlais à Simon », répondit Adrien en enfilant sa veste.

Il hésita longuement entre deux cravates et finit par choisir la noire. Il ajusta ses boutons de manchette et fit coulisser la porte du dressing derrière lui. Elle résista, il insista. Il râla et tira de nouveau. Il faudrait faire venir quelqu'un pour ce problème. Pas un mois ne passait sans qu'un tracas ménager se manifeste. Il finit par la laisser entrouverte et passa près de Céline, en position chien tête en bas sur son tapis de yoga. Il lui pinça les fesses, elle lui administra une tape sur les mollets.

« Il t'a envoyé tous les documents ? On commence la réu tout de suite, alors ? Super. Mon Uber est arrivé, je suis chez le client dans trente-cinq minutes, si ça roule. Ouais, je sais qu'il y a des manifs. Je fais au mieux. À tout. »

Il retira ses écouteurs et se baissa pour embrasser Céline, qui imitait tant bien que mal sa prof, sur l'écran de la tablette.

« À ce soir, ma loute ! Je rentrerai tard, tu sais, j'ai une *conf call* avec les Américains. »

Céline termina sa séance, prit sa douche, s'habilla et rejoignit Zoé dans la cuisine. La fillette finissait son jus d'orange tandis que Linda, la femme de ménage, vidait le lave-vaisselle.

« Y en a encore ? lui demanda Zoé.

– Non, tu as tout bu. »

Céline avisa la corbeille de fruits encore remplie d'oranges, et fit une grimace rigolote dans le dos de Linda. Zoé pouffa, autant à cause de l'attitude de sa mère que de la réaction de la femme de ménage, à qui elle n'avait pas échappé.

« Je veux bien m'occuper de son petit déjeuner, hein, dit-elle en se retournant. Mais alors il faut acheter de l'Orangina, comme tout le monde. J'ai pas le temps de presser trois kilos d'oranges tous les jours, moi. »

Zoé imitait parfaitement l'accent arabe et les postures bourrues de Linda, et elle s'amusait à démontrer ses talents devant les invités. Mais elle n'avait le droit de le faire que devant les amis de son père. Ceux de sa mère ne trouvaient pas ça correct.

« Je veux bien me brosser les dents, hein, mais alors il faut acheter du dentifrice parfum cookies ! singea Zoé en courbant le dos.

– On verra plus tard. En attendant, file dans ta chambre ! encouragea Céline. Ta nounou va bientôt arriver. »

On sonna justement à la porte de service, en même temps que Céline recevait sur son téléphone une notification de l'application WeHelp : « Votre aide à domicile est arrivée. »

« Bonjour, Fatou, dit Céline en accueillant la femme. *Nanga def ?* »

Elle était fière de pouvoir échanger deux mots en wolof avec son auxiliaire, mais ne pouvait se résoudre à la saluer du traditionnel *Salam aleikoum*, qu'elle trouvait trop connoté, et qu'elle ne voulait pas ancrer dans la tête de Zoé. La nounou inclina la tête et avança dans la cuisine à pas lourds. Ses hanches larges, ses grosses fesses et sa poitrine abondante faisaient d'elle l'incarnation de la Vénus de Willendorf. Grâce à cette référence inconsciente et aux commentaires dithyrambiques laissés sur le site de notation de la profession, les mamans de l'arrondisse-ment se la disputaient et devaient s'inscrire sur une liste d'attente pour avoir la chance de confier leurs petits bouts à cette perle. Céline voulait Fatou et pas une autre. Elle avait donc convaincu Adrien de négocier sa disponibilité plutôt que de patienter. Une amie lui avait raconté que, les jours d'école, elle passait chercher les cinq enfants dont elle avait la charge et les déposait chacun dans leur établissement. Elle allait les chercher, les emmenait sur le carré d'herbe râpée du quartier qui faisait office de square, les surveillait tout le temps de leurs acrobaties, leur distribuait pains au lait et barres chocolatées, puis les raccompagnait chez eux où, la plupart du temps, une autre assistante prenait le relais pour leur donner le bain et les mettre en pyjama. Pendant les vacances, elle passait la journée avec les enfants, chez l'un puis chez l'autre, et gardait sur eux un œil attentif tout au long de leurs jeux. Zoé avait tenu ce rythme une journée. Puis elle n'avait plus voulu se mélanger aux autres enfants. Moyennant une somme confortable, équivalant aux revenus générés par la garde de tous les autres, la nounou avait accepté de s'occuper exclusivement de Zoé. Adrien se demandait ce qui déterminait le statut de superstar d'une nounou, et les comptes rendus de Zoé ne l'éclairaient en rien.

75

« Y a-t-il tellement de façons différentes d'emmener une gosse au parc et de la regarder s'empiffrer de chouquettes ? demandait-il régulièrement à Céline.

– Je ne sais pas, mais elles ne sont pas toutes prêtes à venir de Limay pour se plier aux exigences sanitaires de Zoé et à se badigeonner de gel toutes les cinq minutes.

– Si elle n'habitait pas avec trois générations de ses compatriotes dans un clapier à lapins de Seine-Saint-Denis, elle n'aurait peut-être pas besoin de faire ce métier.

– Limay, c'est dans les Yvelines, signala Céline en levant un index accusateur.

– Au temps pour moi. Mais c'est tout le problème des métiers dont personne ne veut : tant que certains seront prêts à se taper une ligne de RER pour les exercer, il n'y aura pas de raison qu'ils soient revalorisés. »

Application à l'appui, il lui avait démontré qu'on pouvait calculer l'attrait, ou plutôt le manque d'attrait d'un poste par les compromis géographiques que les candidats étaient prêts à faire pour l'obtenir. Plus les distances qu'ils consentaient à parcourir quotidiennement étaient grandes, plus le salaire était faible à l'arrivée. Les algorithmes étaient formels : les flux migratoires et la précarité constituaient des moteurs de la croissance économique. « Avec la délocalisation et la numérisation des tâches », ajoutait Adrien.

« Un jour, les enfants naîtront avec un programme de survie intégré, disait-il également. Il n'y aura plus besoin de leur apprendre à ne pas mettre la main dans le broyeur ou à ne pas jouer avec la casserole d'eau bouillante. Et Fatou pourra rester chez elle à préparer son poulet mafé. »

Céline avait hésité à lever l'index pour cette remarque, qu'elle jugea limite mais acceptable.

Zoé revint de la salle de bains en trombe et sautilla autour de la nounou, qui resta de marbre. Céline envoya un baiser à sa fille du bout des doigts, salua Fatou et Linda, empoigna son sac à main et prit le chemin du bureau.

8

Au bureau

Elle aussi était d'humeur conquérante, ce matin. Si confiante qu'elle se demandait de quoi l'air était constitué, certains jours, quelles hormones elle sécrétait ou quel alignement de planètes l'empêchait d'apprécier la simplicité de la vie. Elle avisa les rares personnes disséminées dans l'open space et réprima le bonjour qu'elle s'apprêtait à prononcer. Elles ne répondaient jamais. Elle s'installa à son bureau près de la fenêtre, qu'elle ne put ouvrir qu'à l'espagnolette, à cause du dispositif de blocage anti-défenestration. La vue donnait sur les terrains de tennis du stade de Coubertin. En cette saison, on entendait le bruit des échanges, charmant le vendredi, mais légèrement agaçant le lundi matin.

Sur son ordinateur, une notification lui signala que les producteurs l'attendaient pour commencer la réunion, bien qu'il ne fût pas encore tout à fait l'heure prévue. Elle cliqua et leurs visages apparurent à l'écran, laissant deviner derrière eux un magnifique plafond à caissons. Elle en déduisit qu'ils étaient dans leur appartement parisien. En festival, en séminaire, en salon ou en vacances, ils étaient toujours disponibles pour les collaborateurs de leur société de production, qu'ils incitaient également à travailler à distance.

« Ce n'est pas parce que vous voyez des palmiers derrière nous et un cocktail sur la table qu'on ne travaille pas, disait Julien quand il appelait depuis leur retraite à Barcelone.

– Et ce n'est pas parce qu'on travaille qu'on n'a pas le droit d'aller piquer une tête dans la piscine », ajoutait l'autre Julien en aspirant à la paille l'intérieur d'une noix de coco.

Ces deux-là étaient très détendus, pour des patrons. Du moins, la plupart du temps. Issus du milieu publicitaire, qu'ils avaient quitté après un burn-out synchronisé, ils avaient monté leur boîte pour se pencher sur les vrais sujets et aller au contact des vraies gens. Au fil des ans et des récompenses, à mesure que leur réseau s'étendait à la vitesse d'un lierre grimpant, elle avait gagné en légitimité et venait de se voir attribuer une case prestigieuse sur le service public. Ils avaient constitué une équipe à leur image, ouverte et tolérante, loin des carcans moraux à la grand-papa, parce qu'ils avaient un don pour déceler la bienveillance. Par conséquent, JmJ Productions ne comptait ni tyran hétérosexuel ni adepte d'une religion arriérée. Lors des micro-référendums instaurés pour choisir la nouvelle machine à café ou le nouvel abonnement presse, le résultat était d'une homogénéité éclatante. Par ailleurs, mais cela relevait du pur hasard, aucun d'entre eux ne résidait de l'autre côté de la Seine. Un jour, les deux Julien s'étaient même amusés à tracer le triangle qui formait le territoire de leur team : entre le Centquatre au nord, les Galeries Lafayette à l'ouest et Le Temps des cerises à l'est. Ils se défendaient de trier les CV en fonction de l'adresse du candidat. Le hasard et l'entretien faisaient bien les choses, voilà tout.

« Ma pauvre choute, lui dit Julien, il faut vraiment être maso pour se cogner les manifestations et se retrouver dans un bureau sinistre à la périphérie de la ville. Tu es sûre que ça va ? »

Elle lui adressa un clin d'œil, pouce levé.

« Tu as trouvé un remplaçant, pour le connard de monteur qui nous a plantés ? attaqua d'emblée l'autre Julien, les traits tirés.

– Oui, peut-être, il faut que… bredouilla-t-elle.

– OK, super, on reste en mode ressources humaines, sur ce coup-là. Et le tournage à Corbeil, il est calé ? »

Aujourd'hui, ils étaient stressés. Bien que contente d'avoir été appelée sur ce projet, Céline se demanda combien de temps elle pourrait travailler avec ce binôme. Ce n'était pas mieux ailleurs, elle l'avait expérimenté. Adepte de la facturation à la prestation, elle n'avait jamais côtoyé la même équipe plus de quelques mois et se demandait comment certains salariés pouvaient supporter les mêmes collègues toute une vie.

« Oui, c'est juste que… tenta-t-elle de répondre.

– La date du visionnage ?

– Calée, mais… »

Il y eut un silence et Céline se demanda si l'image n'était pas figée. Mais un téléphone sonna chez les producteurs et l'autre Julien se leva pour répondre. La communication fut coupée, cette fois. Une minute plus tard, elle fut rétablie, et deux visages détendus apparurent à l'écran.

« Pardon, Céline, dit Julien avec un sourire penaud.

– Je lui ai signalé qu'il t'avait mal parlé, ajouta le premier Julien avec de grands yeux de cocker. On s'excuse. On est sous pression avec les diffuseurs. C'est encore eux qui viennent d'appeler. Ils visent 4 % de parts de marché, ce qui est quasi impossible, sur cette chaîne. Mais on va y arriver, hein ? On va se donner à 200 % et on va y arriver. Allez, des bisous ! »

En quittant la réunion, elle trouva l'ambiance qui régnait dans l'open space pesante. Quelques cliquetis sur un clavier se faisaient entendre entre les plages de silence. Les deux autres personnes ne se connaissaient pas non plus. Elle aurait aimé partager une pause-café avec un collègue, de temps en temps. Elle aurait aimé rencontrer ses producteurs au moins une fois en vrai.

Elle n'avait qu'une tâche à accomplir, qui consistait à trouver un monteur pour l'émission. Oscillant entre une confiance euphorisante et un doute adolescent, elle repoussa toute la journée le moment d'appeler Pierre, s'occupant entre-temps à préparer l'interview du leader des identitaires à Corbeil-Essonnes. Une fois qu'elle eut établi sa liste de questions et qu'elle l'eut relue cinq fois, les yeux dérapant dans le vide à chaque phrase, elle saisit son téléphone et tapota la coque du bout de ses ongles. Elle avait trouvé le numéro de son ancien camarade dans les pages blanches, comme il l'avait suggéré. Elle se mordit les lèvres. Observa le match de tennis par la fenêtre. Se recoiffa. Consulta l'heure sur son écran : 18 h 46. Par superstition, elle préférait attendre 19 heures. Elle consulta divers sites de vente en ligne, les nouveautés Netflix, les tarifs des vols Paris-Rome, compara les prestations d'une dizaine d'hôtels. À 18 h 58 elle ouvrit l'application de son avatar pour suivre l'évolution de ses données émotionnelles. Son eMoi sifflotait les bras croisés, la pointe du pied battant le sol avec la régularité d'un métronome. L'indicateur rythme cardiaque affiche 85 sous le personnage, qui lui conseilla de se décider avant d'atteindre 90.

Elle appela Pierre à 19 heures (rythme cardiaque 89), les épaules contractées, et se rendit compte qu'elle n'avait pas composé un numéro de fixe pour joindre un particulier depuis au moins vingt ans. À la sixième sonnerie, elle s'apprêtait à raccrocher. À la huitième, elle se dit qu'il s'était moqué d'elle, qu'il avait forcément un portable. À la neuvième sonnerie, il décrocha. Elle avait la gorge sèche et l'estomac noué. Elle éprouvait le même trac que lorsqu'elle appelait ses amies, au collège, et qu'elle redoutait de tomber sur leurs parents. Elle adopta donc le ton exagérément sympathique d'une démarcheuse de chez SFR.

« Salut Pierre je voulais savoir si ça pouvait t'intéresser de travailler avec moi sur un projet d'émission politico-sociétale pour Noi en tant que monteur parce que celui qu'on avait calé a disparu dans la nature et il me semble que tu faisais un peu de montage à l'époque donc voilà. »

Elle passa la main sur son front moite, confite d'embarras. Les secondes qui suivirent sa prestation lui semblèrent des heures. Il allait probablement lui demander de tout répéter et elle savait qu'elle ne serait pas meilleure à la deuxième prise.

« Oui, pourquoi pas, répondit-il pourtant avec entrain. C'est sympa de me le proposer. »

Oui, il était disponible tout de suite. Non, il n'avait pas peur de faire de grosses journées. Oui, il était à jour sur les dernières versions des outils de montage. Non, il ne voyait aucun inconvénient à travailler sous ses ordres. Vraiment pas, assura-t-il, bien qu'elle eût posé cette question sous forme de plaisanterie.

Elle souffla un grand coup en raccrochant. Cette collaboration était-elle judicieuse? D'une part, hormis un nullos ou un interdit bancaire surendetté, quel technicien acceptait une mission au pied levé sans même se renseigner sur le salaire et les conditions de travail? Si ça se trouve, il n'avait même pas de numéro de Sécurité sociale. D'autre part, maintenant que son orgueil était apaisé, qu'elle était rassurée sur les dispositions de Pierre à son égard, elle se demanda s'il n'allait pas peser dans sa vie comme un boulet dont on n'arrive pas à se débarrasser. Un célibataire aussi séduisant cachait forcément une terrible tare. Mais rien ne disait qu'il était célibataire.

Elle trouva la soirée longue, chez elle. Quand Zoé fit un bond de côté pour lui rappeler la distance à respecter, serrant sa tablette contre sa poitrine, et qu'au même moment Adrien, absorbé par son application MyFitnessPal, suçotait son merlot avec des bruits d'aspirateur dentaire, elle fut prise d'une crainte contradictoire. Était-ce donc cela, l'avenir? Le visage de son éternité?

Coucou, Céline!

Nous nous intéressons à vous. Et si vous preniez quelques instants (pas plus de cinq minutes, promis!) pour partager vos sentiments? Observez les photos suivantes et cliquez sur le mot le plus pertinent. Non, vous ne rêvez pas, nous avons en effet glissé quelques photos de votre collection personnelle dans la sélection! Quelle couleur vous évoquent-elles?

Y a-t-il des personnes qui vous manquent et que vous n'avez pas pu retrouver sur les réseaux sociaux? Pensez-vous qu'elles devraient rejoindre la communauté en ligne? Que pensez-vous des personnes qui se méfient des nouvelles technologies?
Y a-t-il une personne qui arrive toujours à vous faire rire aux éclats?

Vous avez été choquée par le résultat des dernières élections en Turquie. Pour aller plus loin, voici quelques articles permettant d'appréhender la situation. Vous pouvez signer une pétition contre le fondamentalisme ici.

Céline, vous rappelez-vous ce moment avec Adrien? En attendant de le revivre, vous pouvez doper vos <u>points complicité</u> et partager ce <u>souvenir</u> avec lui.

9

Au bureau, *bis*

Elle avait peu dormi, perturbée par un état d'excitation qui lui rappelait les veilles de boum.

« Je te dépose ? » avait proposé Adrien, voyant qu'elle était prête en même temps que lui, pour une fois.

Elle n'avait pas porté attention à l'engouement dans sa voix, ni à sa déception quand elle avait décliné, prétextant les perturbations de circulation liées aux grèves pour préférer le vélo. Encore moins avait-elle relevé la gentillesse de l'offre, qui impliquait pour l'Uber d'Adrien un détour non négligeable.

Elle avait pédalé trop vite, imprudemment, sa playlist années quatre-vingt-dix à fond dans les écouteurs. Arrivée à 8 h 30, elle aurait eu le temps de rédiger une interview si elle avait pu se concentrer un minimum. Au lieu de quoi elle ne fit rien d'autre que boire son café et naviguer sur son application MyLifeCalendar. Elle associa à la journée la couleur rouge et les mots « surprise » et « trac ». En tapant « nostalgie », elle se laissa entraîner dans une réminiscence de ses années lycée.

L'insistance avec laquelle elle avait maintenu Pierre dans la sphère de l'amitié, à l'époque, avait eu quelque chose de cruel, elle s'en rendait compte en y repensant. Quoiqu'il ne lui eût jamais ouvertement avoué ses sentiments, ce n'est que par mauvaise foi qu'elle avait pu les ignorer. Il adoptait parfois des attitudes trop graves qu'elle détestait, pupilles dilatées, mine sombre et silence accusateur, qui la poussaient à balancer une plaisanterie hors de propos, gros gestes et grimaces théâtrales à l'appui pour chasser de son regard un désir qu'elle ne partageait pas. Au fil du temps, il s'était résigné à sa fonction. Le rôle du meilleur ami, du confident ou du frère avait l'avantage de la proximité : il était celui avec qui l'on rit et avec qui l'on pleure. Mais lorsqu'elle avait fait entrer sur scène le jeune premier, celui qui allait confisquer à son profit le temps et l'attention, Pierre n'avait plus été capable de faire bonne figure. Céline s'était détachée de lui, agacée par ses avertissements paternalistes, dans lesquels elle ne voyait que de la jalousie. Ras le bol des bons Samaritains et du droit chemin, elle n'assumait plus d'être sage et obéissante. Elle préférait devenir une adolescente comme les autres, en révolte contre le monde entier, et fréquenter des garçons que sa mère n'appréciait pas. Après le bac, elle n'avait plus revu Pierre. Leur relation s'était dissoute comme si elle n'avait jamais existé. Elle finit par admettre, mais il était trop tard pour l'avouer à Pierre, que le jeune homme qui lui avait fait tourner la tête lui avait également fait oublier sa personnalité, ses goûts et ses aspirations propres.

L'erreur de Pierre avait été de l'aimer trop tôt, trop vite. D'être trop patient, trop gentil. D'être là quand elle en avait besoin et quand elle en avait envie. Trop facile. D'autant plus qu'elle ne le méritait pas, avec ses problèmes d'acné et ses émotions partagées comme des flashs info. Après la disparition de son père, en première, il s'était tenu à ses côtés. Il venait la chercher pour aller en cours, la forçait à réviser, et c'est grâce à lui, bien sûr, qu'elle était restée sur les rails. Sans lui, elle serait probablement devenue esthéticienne chez Bodyminute, le métier que citait toujours Adrien pour pousser Zoé à réviser ses leçons.

Elle était revenue sur son jugement, depuis. Elle se rappelait qu'à l'époque toutes les filles couraient après Pierre. L'assurance qu'elle avait acquise lui permettait de considérer l'attachement qu'il lui avait témoigné avec tendresse et non plus avec méfiance.

Quand Pierre arriva à la rédaction et frappa à la cloison qui délimitait son bureau, Céline fixait un point indéfini, un sourire béat aux lèvres. Elle sursauta et fit mine de boire une gorgée de café, bien que sa tasse fût vide.

« Tu n'as pas eu trop de mal à trouver ? Le trajet n'a pas été difficile, avec les grèves ? »

De nouveau, elle parlait trop. C'est lui qui aurait dû être intimidé de se trouver là, dans un nouvel environnement, pas elle. Mais elle ne l'avait jamais vu perdre ses moyens face à qui que ce soit, ni devant aucune épreuve.

« Non, j'ai l'habitude de marcher.

– Ah oui ? Tu viens d'où, là ?

– De Neuilly, où on s'est croisés l'autre jour.

– Mais ça fait super loin ! Combien de kilomètres ?

– Je ne compte pas, je ne me déplace que comme ça. »

Elle qui n'avait jamais marché plus de trois kilomètres d'affilée le regarda avec admiration. Il n'y a pas de secret, se dit-elle, on ne peut pas avoir un tel corps en pianotant sur un clavier toute la journée. Elle lui fit faire le tour des lieux, ce qui présentait autant d'intérêt que de visiter un hangar, avant de l'installer à côté d'elle devant un café chaud.

« Il n'y a jamais plus de monde ? s'étonna-t-il.

– Aujourd'hui, il y a foule, répondit-elle sans ciller. Les deux personnes qu'on a croisées ne viennent que parce qu'elles ont des problèmes de connexion chez elles.

– Toi aussi, tu as des problèmes de connexion ? »

Elle hésita avant de répondre.

« Je viens quand la nounou ne peut pas sortir Zoé, à cause de la pluie, par exemple. J'ai besoin de calme. »

Il balaya du regard l'immense salle vide, encore équipée de meubles et d'ordinateurs. Une monstera en pot survivait dans un coin, ses palmes trouées laissant entrevoir les lettres t-o-g-e-t-h-e-r peintes dans l'angle de manière à pouvoir lire « To-get-her ».

« Tout ça va être vendu », soupira Céline. Puis elle fit pivoter son siège vers lui, incapable de dénicher autre chose qu'une amorce éculée : « C'est fou qu'on se retrouve après tout ce temps…

– Dans des bureaux en liquidation, compléta-t-il. Est-ce qu'il faudra que je termine le montage de chez moi ?

– Ah, tu as Internet ?

– Ça s'appelle comme ça ? plaisanta-t-il, avant de préciser : J'ai un ordinateur, des logiciels, j'ai même une messagerie, si ça t'intéresse. Mais je n'aime pas travailler chez moi. »

Elle fut plus soulagée par cette information qu'elle n'aurait imaginé. Elle n'avait donc pas affaire à un vagabond.

Une notification s'afficha sur l'ordinateur de Céline, interrompant sa recherche de repartie. Elle cliqua sur « entrer en réunion », et les visages des deux Julien survoltés apparurent.

« Salut, Pierre ! Enchanté ! C'est donc toi le seul monteur de la place à vouloir se déplacer pour travailler ? C'est tellement 2019, j'adore !

– Dis donc, Céline, tu nous as pas ramené le plus moche ! »

Elle rit un peu fort et sortit une réplique sans esprit, regrettant aussitôt d'avoir cédé à la facilité.

« Tu croyais que je fréquentais des gens moches ?

– Non, répondit Julien, et on te l'interdirait. Tu as expliqué le concept de l'émission à Pierre ?

– Je vais le faire en salle de montage.

– Super. Tu t'occuperas de son code et tout le bazar ? »

– Bien sûr.

– Alors c'est formidable. Pierre, bienvenue à bord ! »

Le Julien de droite fut sur le point de mettre fin à la conversation, mais le Julien de gauche retint son geste.

« Attendez ! Je pense à un truc, comme ça. Si ça te tente, Pierre, tu pourrais écrire la séquence sur la discrimination dans les quartiers, vu que tu as écrit un bouquin là-dessus. Tu habites où ?

– À Neuilly. »

Les producteurs ouvrirent des yeux ronds et laissèrent passer un instant.

« Sérieux ? Ça doit pas être facile tous les jours. »

Céline se rapprocha de l'écran pour empêcher Pierre d'entrer de plain-pied dans la conversation.

« On verra plus tard les questions des discriminations raciales, dit-elle. Pour l'instant, on est concentrés sur les sites de désinformation. On se rappelle ? »

Les deux Julien envoyèrent une moisson de baisers du bout des doigts avant de se déconnecter. Céline avait le feu aux joues. Elle avait la désagréable sensation d'être jugée. Pierre souriait, pourtant, et nulle trace de sarcasme ne perçait dans ses yeux.

« Je n'ai pas écrit sur les discriminations, expliqua-t-il mais sur la liquidation de l'humanité, sous la forme de la numérisation. Comme une entreprise, tu vois ? On évalue les biens et on les chiffre. Puis on liquide. »

Elle avait l'impression d'entendre Adrien. Autant elle comprenait l'intérêt de son compagnon pour ce domaine, autant elle trouvait incongru celui de Pierre. Il y avait tant d'autres choses plus graves à dénoncer que les problèmes informatiques.

« J'ai appris à coder et à programmer, j'ai étudié le vocabulaire de la liquidation judiciaire, crut-il devoir se justifier. Et en me penchant sur l'étymologie, j'ai été surpris de constater la similitude entre…

– Mais… ça intéresse qui, franchement ? interrompit-elle avec une agressivité journalistique.

– Pas grand monde, malheureusement », répondit-il sans se vexer.

Elle voulut s'excuser pour sa brutalité, faillit lui dire qu'elle lirait son livre mais se tut, sachant que la phrase sonnerait faux, et nota de le télécharger plus tard.

« OK, bref, reprit-elle avec nervosité. Tu es à jour, concernant la banque, la Sécu, les impôts, les votations ? Ton bilan carbone ? Il ne doit pas être très élevé, tu me diras. Il faudra que tu apportes ta carte citoyenne, et on te générera un QR code pour passer le portique. »

Il lui lança un drôle de regard, comme s'il trouvait leur dialogue incohérent. Elle se rendit alors compte qu'il ne l'avait pas appelée pour qu'elle descende le chercher et se demanda comment il était parvenu à la rejoindre à son bureau. Peut-être avait-il amadoué le vigile, pourtant pas commode. Elle lui renvoya son regard intrigué et remit le sujet à plus tard.

« Je vais te montrer la salle de montage. »

Elle alluma les écrans et l'invita à naviguer dans les différents dossiers pour se familiariser avec le projet. Pas de doute, il connaissait le job. Sur ce point encore, elle fut rassurée.

« Alors, de quoi s'agit-il ? se renseigna-t-il.

– Le programme s'intitule "Qui a peur de la démocratie ?". On voudrait présenter différentes catégories de population qui doutent de nos valeurs et expliquer pourquoi elles pensent comme ça.

– Le but est-il que le téléspectateur remette en question les valeurs dont tu parles ? »

Elle s'inquiéta une seconde de la candeur de la question.

« Bien sûr que non, il s'agit de valeurs qu'on ne peut pas contester.

– On va pourtant montrer des gens qui y arrivent.

– Oui.

– Et on va démontrer qu'ils ont tort.

– Oui. »

Il continua de naviguer dans l'arborescence du logiciel. Elle crut tout de même percevoir dans son attitude une horripilante désapprobation.

« Bon, j'ai manifestement fait une erreur en te proposant de venir travailler ici. Je ne pensais pas que tu en étais encore là. Si tu espères saper mon travail et me discréditer aux yeux de mes employeurs, autant qu'on arrête tout de suite. Je vais demander qu'on te rémunère cette journée, pour le déplacement. »

Tandis qu'elle se levait, il lui saisit la main et la pria de se rasseoir. Il avait la paume douce et chaude.

« Excuse-moi, Céline. Je ne voulais pas être désobligeant. Je ne t'ai même pas remerciée de m'avoir proposé ce boulot. »

Elle lui accorda un sourire.

« Je vais monter cette émission comme tu le souhaites, dit-il. À la virgule près. Je ne suis pas venu pour exprimer mes opinions. »

Elle hésita à avouer qu'elle était fière de travailler pour cette chaîne justement pour les opinions qu'elle diffusait. Elle rechignait même à parler d'opinions, car pour elle l'ouverture d'esprit n'en était pas une.

Elle soutint son regard, limpide, et abdiqua pour cette fois. Elle lui tendit la main.

« À toi de jouer. »

Dans son application, elle cliqua sur les mots « colère » et « réconciliation ».

10

Papa

Cette fois, Zoé avait choisi la version manga. Malgré la stylisation outrancière, on reconnaissait d'emblée les protagonistes.

Sur l'écran, Céline n'a pas dix ans. Son père est encore beau, bien qu'on devine déjà la marque de la maladie au creux de ses joues. Ils sont dans le jardin, à la campagne. Lui sur une chaise, un livre entre les mains, elle assise par terre, un cahier sur les genoux et des crayons éparpillés devant elle. Elle porte la robe qu'elle n'aime pas, qui fait trop fille, et que sa mère a accepté de floquer à l'effigie de Tupac. Derrière eux, une maison en brique est à moitié dissimulée par les grandes herbes jaunes qui prennent la lumière rosée du soleil, au premier plan. On devine que les derniers afflux de sève chauffent pour former grains et fruits. Dans les arbres, les feuilles au pourtour déjà brûlé crissent sous la brise. C'est la fin d'après-midi, un merle se met à chanter depuis la crête du toit. Un autre, perché sur un autre sommet au loin, lui répond. Et un autre, encore plus loin, plus haut.

« Tu entends cette compétition acoustique ? interroge son père dont les yeux pétillent à grand renfort de ronds blancs. Ils définissent leur domaine. C'est beau, non ? Et c'est aussi efficace qu'une clôture. »

La fillette hausse les épaules. Elle griffonne quelques traits sur son cahier et gonfle ses joues, mécontente. Elle est déçue. Le portrait qu'elle a esquissé de son père n'est pas du tout ressemblant. Elle n'a rien réussi à capter, ni de sa position ni de son expression. Son père se penche pour voir le dessin et réprime un éclat de rire. Pas tant pour ménager sa fille que parce que ça lui fait mal dans la poitrine.

« C'est qui ? On dirait le chien des voisins. »

Le regard fâché qu'elle lui lance mange la moitié de son visage.

« Oh, dis donc, ma poulette, faut pas faire cette tête ! Si quelqu'un a le droit de se vexer, ici, c'est bien moi, non ? »

Elle rit. Son minuscule menton en triangle disparaît avec sa micro-bouche dans un arrondi signifiant l'impuissance.

Un papillon vient se poser sur une tige de roseau, devant elle.

« Essaie plutôt cette petite chose, suggère son père. Si tu le rates, il ne te fera aucun reproche. Il sera tellement heureux que quelqu'un ait bien voulu faire son portrait. »

Quatre ovales, deux moustaches, un grain de riz et six pattes de mouche plus tard, Céline montre son œuvre à son père.

« C'est tout lui ! s'enthousiasme-t-il. Montre-le-lui… »

Elle s'exécute en pouffant.

« Voilà, tu l'as immortalisé. Ce soir, avant de disparaître, il va pouvoir se vanter auprès de sa femme et de ses enfants que son portrait trône dans la maison en brique près de la rivière. Tu te rends compte ? »

Dans les gros yeux de l'enfant, les ronds blancs qui représentent les reflets de lumière tremblotent.

« Avant de disparaître ? s'inquiète-t-elle.

– Eh oui, ma poulette. Ce petit bonhomme a vécu une belle vie sous forme de chenille, à boulotter les friandises qui lui tombaient sous les pattes. Mais tout a une fin. Il a sorti le grand jeu, là, avec ses belles ailes rouges, pour effectuer son dernier tour de scène. Pour que tu le remarques, et pour que tu l'aimes, avant qu'il meure. »

Des bouillons de larmes commencent à inonder les gros yeux de la petite fille.

« Il va mourir ?

— Comment ça, "il va mourir ?" ! Bien sûr qu'il va mourir ! Et tant mieux ! Il faut bien laisser la place aux autres, non ? Et où crois-tu qu'il trouverait la force d'être aussi beau, si ses jours n'étaient pas comptés ? »

La petite fille aux joues trempées cherche du réconfort auprès du papillon, puis sur le visage de son père, de nouveau vers le papillon, puis chez son père, ne sachant pas s'il est sérieux ou s'il plaisante, ne sachant plus très bien non plus de qui il parle.

« Quand on va mourir, on devient beau ? »

Le père s'apprête à répondre et se ravise. Il est surpris par les strates qu'il découvre dans la question.

« Pas tout le monde. Certains restent comme ça, répond-il en désignant son portrait loupé. Mais… peut-être que, quand on sait que les gens vont mourir, on les trouve plus beaux. Qu'est-ce que tu en penses, toi ?

— Je suis trop petite pour te répondre, Papa. »

La tablette entre les mains, Zoé partit d'un rire affectueux. Debout dans l'embrasure de la porte, Céline ne voyait pas l'image, mais le son était suffisamment perturbant. Le parquet craqua sous ses pieds, trahissant sa présence. Zoé se retourna avec vivacité.

« Tu étais trop mignonne, quand tu étais petite !

— Oui, enfin, là, c'est un manga que tu regardes, biaisa Céline pour cacher son émoi.

— Un animé ! corrigea Zoé. Ça s'est passé comme ça pour de vrai ?

– Je ne me rappelle pas avoir vécu cette scène, répondit Céline. Mais elle est crédible.

– Ça veut dire quoi ?

– Elle n'a peut-être pas eu lieu, mais elle aurait pu.

– Tu peux décider que ça s'est passé, si elle te plaît.

– Non, je ne peux pas faire ça, Zoé. On ne peut pas faire que ce qui n'a pas été a été, pas plus qu'on ne peut… »

Elle s'interrompit, regrettant de s'être lancée dans une telle explication. Zoé reprit immédiatement la parole.

« Si. Papa m'a dit qu'on pouvait. Tu peux télécharger le souvenir, si tu veux. Comme ça, il sera dans ta tête, pour plus tard. »

Céline était perplexe.

« Pourquoi ferais-je une chose pareille ?

– Tu pourrais jeter toutes les choses moches et les remplacer par des jolis souvenirs. Moi, je le ferais, à ta place. »

Zoé la dévisageait avec curiosité. En cet instant, sa mère lui semblait une énigme.

« Tu ne le ferais pas pour moi ? demanda l'enfant. Tu ne voudrais pas retirer les cauchemars de ma tête, si tu pouvais ? »

Céline vint s'asseoir en tailleur à côté de Zoé. Elle s'approcha le plus possible, guettant l'alerte dans ses yeux. Elle aurait voulu l'embrasser sur les joues, le front, le crâne, humer le parfum chaud de ses cheveux, en sentir la douceur au creux de sa paume. Mais elle respecta la distance habituelle, refrénant son élan.

« Tu fais des cauchemars, ma puce ?

– Non. Mais si ça m'arrive ?

– Dans ce cas, tu me les raconteras. On en parlera ensemble. C'est de cette façon qu'on s'en délivre. »

Zoé avança la bouche en cul-de-poule.

« Ça marche vraiment, ton truc ? Papa m'a dit qu'il fallait fabriquer un-programme-adapté pour faire la chasse aux mauvais souvenirs, parce qu'il n'a pas envie que je sois une adulte malheureuse, un jour. Tu n'es pas d'accord ? »

Elle ne savait pas si elle était d'accord ou pas. Si elle avait dû décider sur-le-champ, elle se serait trouvée bien embarrassée. Il lui faudrait prendre en considération les facteurs et les circonstances, les nuances et les réserves. Il y avait une multitude de cas à étudier pour répondre à cette question. Pour Adrien, la nécessité d'un « programme adapté » répondait à un besoin. C'est-à-dire à un marché potentiel. Mais elle ne voulait pas voir les choses ainsi. Et elle se désolait que Zoé incarne si parfaitement l'insatiabilité pour le progrès. Elle en voudrait toujours plus, encouragée par une phrase de son père : « Tout ce que le cerveau humain peut concevoir est voué à se réaliser. Ce n'est qu'une question de temps et de moyens. »

11

Lafite-rothschild 1995

« Les biens de la terre ne font que creuser l'âme et en augmentent le vide », avait déclamé Pierre quand elle lui avait annoncé qu'elle passait le week-end en Bretagne.

Il ignorait tout du train de vie que menaient les parents d'Adrien. Céline avait à peine parlé de lui, d'ailleurs. Par pudeur. Par gêne ? Mais Dinard n'était pas Dunkerque, et Pierre devait bien se douter qu'ils ne logeaient pas au camping.

« Tu n'as rien trouvé de plus péremptoire ? avait-elle répliqué, vexée.

– C'est de Chateaubriand. Sa tombe est juste à côté de là où tu vas, alors forcément…

– Forcément. »

Il fallait qu'elle arrête de se montrer si susceptible en sa présence, se dit-elle, ou il finirait par comprendre qu'il visait juste, chaque fois.

En effet, tandis qu'elle se trouvait dans le salon de la villa Anthinéa, face à la baie vitrée qui donnait sur la plage de l'Écluse, une coupe de champagne à la main, la phrase de Chateaubriand s'afficha en lettres de néon dans son cerveau. Il était évident, entre les précieux meubles de famille et le coûteux home cinéma, que l'ampleur du portefeuille ne donnait pas la mesure de la générosité de cœur. Elle vouvoyait toujours les parents d'Adrien. Depuis la naissance de Zoé, ils lui avaient tout de même accordé la permission de les appeler par leurs prénoms. M. Guy-Müller lui faisait la bise en posant la main sur son épaule, moins par chaleur humaine que pour s'assurer qu'il ne lui viendrait pas l'idée saugrenue de le prendre dans ses bras. Il serrait la main de son fils. Mme Guy-Müller n'embrassait pas, elle se laissait embrasser, joue en étendard, feignant de frissonner sous son châle en cachemire pour garder les bras croisés. Avec Zoé, c'était simple : la petite restait à bonne distance de ses grands-parents et les saluait d'un autoritaire : « Quand on aime ses proches, on ne s'approche pas trop ! » Les injonctions hygiénistes relevaient au départ de leur initiative, mais l'enfant les avait durablement gravées en elle, et ils en voulaient désormais à Céline de ne pas parvenir à l'en défaire.

« Vous n'avez pas eu trop de mal à sortir de Paris, avec toutes ces manifs ? demanda la mère d'Adrien.

– Même ici, il y a des blocages, intervint le père. Ils commencent vraiment, excusez ma grossièreté, à nous faire chier. »

Pour montrer qu'il n'avait pas l'habitude d'user de ce vocabulaire, il fit exagérément traîner la dernière syllabe et coupa l'air du tranchant de la main, s'attirant une réprimande silencieuse de son épouse. Pour se dispenser de répondre, Céline avala une olive. Elle n'avait jamais exposé ses convictions à ses beaux-parents, mais, parce qu'elle n'appuyait pas leurs déclarations, ils se doutaient qu'elle partageait les idéaux naïfs des gens du spectacle.

« Vous ne mangez toujours pas de viande ?

– Eh non.

– Même pas de crevettes ?

– Non plus. »

La récurrence de ces questions n'était pas liée à un problème de mémoire. Sa belle-mère marquait ainsi à quel point ses choix compliquaient la composition des menus. D'autant plus qu'elle n'avait aucune imagination et qu'elle s'acharnait à reproduire les mêmes recettes ratées année après année. Céline ne renonçait pas aux crevettes par éthique, mais uniquement parce qu'elle détestait la sauce cocktail dans laquelle Mme Guy-Müller noyait tous les produits de la pêche.

« Alors, tu as dégoté des contrats intéressants, ces derniers temps ? » demanda M. Guy-Müller à son fils.

Calé au fond du canapé, bras écartés le long du dossier, il affichait probablement le même air blasé qu'à l'époque où on lui demandait s'il avait eu de bonnes notes à l'école. C'était un minimum, vu le bagage dont il héritait. S'il comptait impressionner un as de la finance, même retraité, Adrien avait intérêt à se lever de bonne heure. Docile, il acceptait la hiérarchie familiale parce qu'il savait qu'il avait tout à y gagner. Il posa son verre sur la table basse et avança le buste vers ses parents avant de lancer d'une traite, manifestant un engouement qui contrastait avec leur morgue :

« En ce moment, je chasse les données pour de gros clients, entama-t-il avec malice. Je traque les startups les plus originales, évalue leurs avoirs et propose une solution de rachat. Les investisseurs enrichissent ainsi leurs promesses pour la fin de vie.

– Tu parles d'une promesse, commenta la mère.

– Qu'est-ce qu'il y a à promettre, en fin de vie, à part la dignité ? demanda le père.

– La dignité, tu as raison, mais selon deux modalités : la mort sur commande ou l'éternité numérique.

– Rien que ça ?

– Bien sûr, affirma Adrien. Vieillir est devenu obsolète. Ça ne suffit plus et c'est lourd à porter, pour la société. On va vers des mondes infinis : sans quitter ton fauteuil, tu pourras voyager dans le passé, dans le futur et dans l'espace. Toi-même, puis la version qui te survivra, vous pourrez vivre la vie de Napoléon, Cousteau ou de Gaulle, ou celle d'un personnage imaginaire. Tu pourras retrouver tes amis d'enfance, tes amours perdues…

– Tu me parles du métavers, là, résuma le père, nullement impressionné.

– Eh bien, oui, admit Adrien. Mais il ne s'agit plus d'un divertissement. Les métavers de la fin de vie et de l'au-delà seront irrésistibles. Personne ne choisira de mourir seul, malade et à l'hôpital s'il peut expirer en tenant la main d'un être cher, par exemple.

– En ayant l'illusion de tenir la main d'un être cher, tu veux dire.

– Si on te propose une vue sur la baie du Prieuré plutôt que sur la cour de ton immeuble, peu importe qu'elle soit réelle ou numérique, non ?

– Ah non ! J'ai travaillé pour m'offrir la vraie vue. Je l'ai méritée, cette vue. Je ne vois pas pourquoi le premier clampin profiterait du même avantage en claquant des doigts.

– Mais tout le monde n'a pas bénéficié des mêmes opportunités », tempéra Céline, que personne n'entendit.

La fierté de M. Guy-Müller quant à sa réussite l'agaçait. Il se vantait d'appartenir à la caste des self-made-men alors que ses aïeux avaient fait fortune dans le papier au début de la colonisation. Pour elle, ce n'était pas ce qu'on appelle « ne rien devoir à personne ». Dans sa famille, aucun portrait d'ancêtre n'était accroché au mur de l'escalier, et personne avant elle n'avait eu son bac. Les Guy-Müller le lui faisaient d'ailleurs bien sentir.

« En claquant des doigts ? reprit Adrien. Je n'ai jamais parlé de gratuité. Je ne roule pas pour la création subventionnée, je te rappelle. Il y a des milliards d'euros en jeu. En fait, l'avenir de l'argent est là.

– Tu me rassures. »

En effet, M. Guy-Müller abandonna son scepticisme et reprit en se déridant:

« Remarque, si on me propose un monde virtuel débarrassé des syndicats, je veux bien y faire un tour. Un monde où je pourrais me balader dans Paris sans croiser un cortège de manifestants, où je pourrais me garer, tiens; un monde où mon train serait à l'heure et le personnel de l'hôtel accueillant, un monde où les serveurs ne feraient pas la gueule en te balançant un croque-monsieur à peine décongelé… Oui, alors pourquoi pas. On se remettrait peut-être à voyager, non?

– Un monde sans extrême droite, murmura Céline.

– Un monde sans communistes », soupira Mme Guy-Müller.

Adrien et son père se mirent à spéculer sur l'ampleur exponentielle des gains envisagés, discussion financière qui n'avait d'autre enjeu que de tester leurs connaissances respectives. Céline eut envie de se lever et d'aller vapoter sur la terrasse. Qui le remarquerait, de toute façon? Ils étaient tellement resserrés autour de leur clan, de leur nom, de leur réussite. Mais ce n'est pas parce qu'on ignorait sa présence et ses paroles qu'on excuserait cette inoffensive fantaisie. Se retrouver en bord de mer, dans une si belle maison, et ne pas pouvoir en profiter lui semblait stupide. Les heures interminables passées à table à écouter des anecdotes sur la Bourse, les leçons de solidarité féminine prônée par la mère, remplissant le lave-vaisselle pendant que les hommes fumaient le cigare, les réveils salués par le beurre mou et couvert de miettes au petit déjeuner, la compétition d'œnologie au dîner… Pourquoi était-elle venue, en fait?

« Et toi, Maman, quel serait ton fantasme, à part des serveurs aimables? »

Mme Guy-Müller fronça les sourcils, réticente à participer à ce jeu sans queue ni tête. Alors que tout le monde s'attendait à ce qu'elle évacue la question en évoquant une recette de cuisine, elle avoua d'une voix chevrotante:

« J'aimerais revoir l'Algérie de mon enfance. Papa en train de cueillir les oranges, Maman nous servant une limonade. Je les serrerais dans mes bras et je leur dirais de ne pas se faire de souci. »

M. Guy-Müller la dévisagea avec inquiétude, ce qui la poussa à se ressaisir.

« Mais ce sont des bêtises, tout ça, dit-elle en emportant le plateau vers la cuisine. On n'a pas d'autre vie que celle-ci, alors à quoi bon perdre son temps à rêvasser ? »

Le samedi soir, ils furent invités à dîner chez des amis de la famille, quelques centaines de mètres plus loin, dans la villa Mae West, plus au bord de la mer, plus vaste et plus haute et, forcément, orientée plein ouest.

« Les affaires des Macquart sont florissantes depuis le début du XIXe siècle, vous imaginez? expliqua M. Guy-Müller pour que Céline ne soit pas tentée de comparer les patrimoines. Vous verrez, il est l'exemple parfait du benêt de la famille qui dort sur son héritage. Ses cousins assurent la pérennité du nom. Quant à elle, elle s'occupe de dépenser son fric en participant à des galas de charité et en faisant semblant de s'intéresser à l'art contemporain. »

Céline se demanda pourquoi on prenait la peine de passer une soirée avec des gens qu'on tenait en si piètre estime. Adrien lui fournit une explication imparable :

« On les connaît depuis toujours. »

Des animaux en résine fluo égayaient la pelouse rasée comme un green de golf autour de la piscine aux tons jade typiques de Bali. Une Porsche Cayenne était garée dans la cour, entre une Tesla et un modèle de BMW qu'elle n'avait jamais vu. Les mots « biens », « âme », « vide » se télescopèrent sans répit dans la tête de Céline. Elle rêvait d'un tête-à-tête avec Chateaubriand. L'exubérance de la décoration intérieure lui piqua les yeux. Des planches de skateboard plaqué or tapissaient le hall d'entrée. Le salon avait des allures de galerie d'art, avec ses bronzes phalliques, ses toiles déchirées, ses luminaires formés de protections périodiques, œuvres d'artistes chinois, ougandais, ukrainienne. Les choix esthétiques faisaient la part belle à l'engagement et à la diversité, au détriment manifeste du bon goût. Dans le couloir qui menait aux toilettes s'alignaient des photos de foule en noir et blanc. Sur chacune d'entre elles, le slogan « *Black Lives Matter* » s'étendait sur des banderoles. Çà et là, des hommes mettaient genou à terre. Céline leva un sourcil étonné. Près du piano, une statuette de Christ intégralement nu côtoyait un vase Ming devant un mur de graffiti signé Brainwash. Au milieu des éclaboussures arc-en-ciel, un slogan en lettrage plus vif se démarquait : « *Art Against Fascism* ». Un poing serré remplaçait le point du *i*.

« Il a accepté de venir le réaliser sur place, informa la maîtresse de maison. C'est impressionnant, n'est-ce pas ?

– À ce prix-là… » tempéra son mari.

Il brûlait de révéler le prix de leurs biens, et on devinait qu'il avait été tenté de laisser les étiquettes sur les meubles et les tapis. Pour compenser, il détailla les dépenses occasionnées pour entretenir leur propriété à Phuket, photos à l'appui.

« Trois mille cinq cents mètres carrés, ça demande du personnel. Et les quatre-vingts hectares… »

M. Macquart s'interrompit, voyant que Céline ne se figurait pas précisément l'ordre de grandeur. Il tapota sur son téléphone.

« J'ai une application pour convertir les hectares en terrains de foot. Quatre-vingts hectares, ça fait cent dix terrains de foot. Vous voyez mieux ? Sauf qu'on a installé un gazon plus doux, qu'on a fait venir d'Écosse, comme notre saumon. Il nous a fallu trouver quelques jardiniers. Pas question de laisser la jungle reprendre la main, surtout autour de la piste d'atterrissage. »

Personne ne demanda quel engin atterrissait sur leur terrain, mais les photos apportèrent bientôt la réponse : on voyait le couple descendre d'un hélicoptère, accueilli par des Thaïlandais en tenue de service.

« Moi aussi, j'ai eu ce modèle, à un moment, confia M. Guy-Müller. Mais je l'ai revendu.

– Ce n'est pas le moyen de transport le plus écolo », dit Céline pour aller dans son sens.

Il la regarda d'un air perplexe.

« C'est surtout un gouffre financier.

– Oui, c'est infernal, confirma M. Macquart. On hésite à le garder, nous aussi. D'autant qu'on ne l'utilise plus qu'une fois par mois. On privilégie dorénavant la voiture : sur place, nous avons des chauffeurs absolument formidables.

– De manière générale, le personnel est irréprochable, dit Mme Macquart. Compétent, agréable, et toujours disponible. »

Une Asiatique en livrée vint proposer du vin. Céline hésita, mais Adrien l'encouragea à se laisser tenter. Un lafite-rothschild datant de son entrée en sixième. Elle ne le regretta pas.

« Il paraît que ce sont des gens adorables, compléta Mme Guy-Müller.

– Il n'y a pas de secret, fit M. Guy-Müller. Moins le travailleur est protégé, plus il a envie de bosser. Ça marche dans les deux sens, évidemment. J'en veux pour preuve les vacances abominables que nous avons passées en Guadeloupe, l'année dernière. »

Mme Guy-Müller prit un air catastrophé, pour qu'il ne fasse aucun doute qu'ils avaient vécu un enfer. Les Macquart compatissaient, d'emblée horrifiés.

« Ces gens-là sont étonnants : ils vous en veulent de venir dans leurs hôtels ! Ils vous font payer votre présence à chaque seconde. Pas de sourire, un service lent, des gestes agacés. On entendrait presque les soupirs dans notre dos, et la savate racler le sol. Et encore, on y était à une bonne période, nous a-t-on dit. On a échappé aux barrages et aux feux sur les routes.

– En un sens, les gens des îles incarnent l'âme du peuple français, dit M. Macquart. Ils vivent au paradis et se croient en enfer. »

Céline serrait les dents, redoutant d'entendre la conversation déraper. Elle était sur le point d'intervenir quand M. Macquart lui offrit un terrain d'entente :

« Rien d'étonnant à ce qu'ils votent aussi mal. Comme les péquenauds des ronds-points, dans le Pas-de-Calais ou en Meurthe-et-Moselle.

– Ce sont les mêmes ! Les mêmes, qui mettent tout sur le dos des politiques et des riches, et qui pensent que, si ça ne va pas pour eux, c'est la faute du système. Mais qu'est-ce qu'ils lui veulent, au système ? Il est très bien, le système. Il n'y a pas plus juste et égalitaire. Celui qui en veut y arrivera toujours. C'est ça, le vrai esprit de la démocratie, elles sont là, les vraies valeurs. Comment peut-on vouloir une seconde remettre en question une telle proposition ? Qu'est-ce qu'ils n'aiment pas dans le libéralisme, qu'ils accusent de tous les vices ? Quel est le problème, dans l'idée du marché commun ? D'un monde ouvert à tous ? Qu'est-ce qu'ils ont contre l'Union européenne, au point de ne pas vouloir en faire partie ? C'est quand même grâce à elle qu'on vit en paix. Et pourquoi une telle défiance, la même depuis toujours, vis-à-vis du progrès ? Honnêtement, mes chers, je vais vous le dire : les pauvres, je ne les comprends pas. Les solutions sont prêtes, là, à leur portée, et de bon cœur nous faisons le geste de les leur offrir. Mais ils n'en veulent pas. Et vous savez pourquoi ? Parce que c'est confortable, la pauvreté. Les pauvres n'ont qu'à vivre dans le regard coupable des autres. Tous les yeux sont braqués sur eux sans que ça leur coûte un sou. Pire, le statut de victime qui leur est donné leur ouvre tous les droits. Et qui paye l'addition ? Nous. Nous, qu'ils adorent détester, nous accusant de tous leurs maux, et oubliant que nous aussi, nous avons un cœur. Alors je le clame : quelle ingratitude de leur part! Quelle facilité! Et quelle lâcheté, aussi! Donc non, jamais ces gens-là ne voudront s'en sortir. Jamais.

– Et que deviendrait leur carnaval? » ajouta M. Guy-Müller en riant.

La cuisinière vint annoncer que le dîner était prêt. Ils s'attablèrent dans la pièce adjacente, séparée de la cuisine par une cloison de verre, sous un lustre constitué de bois de cerfs. Céline redouta le menu, n'ayant osé préciser qu'elle était végétarienne. Mais la maîtresse de maison balaya ses craintes:

« Nous avons banni la viande de notre alimentation. Nous ne jugeons pas les autres, mais la consommation de mammifères nous semble une habitude de plus en plus barbare. »

Avisant les petites verrines posées sur les assiettes, remplies de grains noirs gluants, Céline crut voir du poivre. Puis elle comprit qu'elle allait goûter du caviar pour la première fois de sa vie et se demanda si le poisson souffrait beaucoup pour offrir aux papilles le fruit de ses entrailles. Mais, déjà, l'eau lui venait à la bouche.

« Adrien, j'imagine que ce n'est ni en Guadeloupe ni en Lorraine que tu prospectes, relança Mme Macquart.

– Peux-tu nous dire qui va gagner la course? » fit M. Macquart en se redressant dans son fauteuil.

Adrien hochait déjà la tête, signe qu'il était rompu à cette question, que M. Macquart avait tout de même formulée d'un air rusé. Il avait trouvé en Céline un public tout neuf qu'il fallait séduire.

« Allons-nous nous diluer dans le monde des machines avant qu'elles investissent complètement le nôtre?

– Il arrivera un stade où la réponse découlera d'elle-même, parce qu'on ne saura pas si la question est posée par un humain ou par un code. »

Il avait dû apporter une nuance à sa réponse habituelle, car M. Macquart salua le trait d'esprit.

« Mon fils croit en la vie éternelle, déclama M. Guy-Müller qui refusait de se laisser éclipser. Voilà le secteur dans lequel il nous encourage à investir.

– La vi-rtualité éternelle, s'amusa Mme Macquart.

– L'espace de stockage infini », reformula M. Macquart avec un petit geste ferme de la main.

M. Guy-Müller ne s'attendait pas à ce que leurs hôtes abondent dans le sens d'Adrien.

« Moi, je le comprends, il y a des gens qui ne méritent pas de mourir, renchérit M. Macquart avant d'annoncer, plus grave: Nous avons déjà quelques terrains virtuels. Et nous sommes en train de faire construire une villa sur l'un d'eux. Une solution de repli pour l'avenir. Adrien a raison, c'est tout ce qui devrait nous intéresser. Une vie humaine ne suffit plus à dépenser la fortune constituée, pour beaucoup. Avec les restrictions écolos qui nous guettent, si on ne trouve pas de nouveaux marchés, il sera bientôt inutile de gagner de l'argent. Sans compter qu'on ne sait jamais ce qu'il peut se passer, au niveau politique. Ils sont capables de tout nous confisquer, un jour. Le droit de propriété est dans le collimateur de beaucoup de fous furieux.

– Tout juste, dit Adrien. Nous sommes de plus en plus nombreux à vouloir migrer vers une dimension dans laquelle on ne nous culpabilisera pas avec la raréfaction des ressources, le réchauffement climatique ou les inégalités foncières. Une dimension sans autre limite que celle de ses désirs.

– Moi, je ne me sens pas tellement limitée, dit Mme Guy-Müller en suivant le contour de son verre du bout de son index.

– C'est ce que tu crois, répliqua M. Macquart. En fait, les restrictions à nos désirs sont si ancrées qu'elles nous semblent indiscutables: terrains agricoles non constructibles, privatisation impossible des parcs naturels et du littoral, immuabilité des monuments classés... Il y a également les limites imposées par la physique : tu ne peux pas demander à un architecte de te construire une baie vitrée de vingt mètres de haut, par exemple. Et le temps ! Et le climat ! Sans compter que, si tu veux acquérir tel ou tel tableau de Léonard de Vinci, il faut te lever tôt pour en trouver un à vendre… Non, franchement, c'est à désespérer de gagner de l'argent. Le capitalisme est mort… Vive le capitalisme numérique !

– Alors que feriez-vous de votre éternité ? interrogea Adrien avant d'ajouter : Si vous aviez des moyens infinis.

– Moi, je rêve d'avoir le salon du Meurice pour moi toute seule à l'heure du thé. Maintenant, on ne peut plus être tranquille nulle part. Même les cinq étoiles sont bondés. »

Adrien adressa une moue de connivence à Mme Macquart, sensible au problème de la surfréquentation des palaces. Son époux ne fit pas de commentaire et enchaîna :

« Que ferons-nous, tu veux dire. J'attends de pouvoir acheter une réplique de Bora-Bora. Suffisamment vaste pour qu'on puisse y monter à cheval. Les promenades équestres sur la plage, au coucher du soleil, c'est une des choses que j'aime le plus au monde. Ici, il fait trop froid, on ne peut le faire que deux mois par an. Je construirai un manoir anglais dessus, au milieu d'un golf. Joëlle le décorera avec la version numérique de nos tableaux préférés. On a acheté un paquet de NFT, le mois dernier. Mais c'est insignifiant, pour l'instant. J'attends de plus gros poissons. Qu'on ne vienne pas me dire que *Salvator Mundi* est toujours entre les mains des Saoudiens ! »

Céline tenta d'imaginer ce que la cuisinière aurait répondu. Souhaitait-elle seulement l'éternité ? Aspirait-elle alors à l'immortalité de son être ou à l'imprescriptibilité de ses avoirs, comme semblaient le fantasmer les Macquart ? Rêvait-elle de faire construire une hacienda pour s'entourer de ses enfants ? Brûlait-elle de conduire des voitures de sport, de se vêtir chez un couturier, de se parer de bijoux clinquants ? Voulait-elle simplement arrêter de travailler ? Céline était la seule à remarquer sa présence et à apprécier ses gestes délicats, tandis qu'elle dressait les assiettes. Ainsi fut-elle également la seule à la voir racler la boîte de caviar pour en remplir la gamelle du chat, venu s'enrouler langoureusement autour de ses mollets.

Après avoir dégusté une pavlova au safran et à la crème de lait d'avoine bio, les invités regagnèrent le salon. Sur la table basse était disposés un samovar, une cafetière, une boîte de chocolats et des pâtes de fruit. Céline ne s'assit pas tout de suite. Pendant que les Guy-Müller et M. Macquart comparaient les marchés immobiliers de Tasmanie et de Nouvelle-Zélande, elle s'attarda devant un tableau près de la cheminée. Il représentait un homme noir obèse portant du rouge à lèvres.

« Vous aimez ? lui demanda Mme Macquart.

– Beaucoup », admit Céline.

Mme Macquart s'abîma à son tour dans la contemplation du tableau. Ses traits avaient perdu la dureté du début de soirée. La maîtresse de maison avait laissé place à une esthète sensible, qui n'avait pas peur d'ouvrir une petite fenêtre sur son intimité.

« C'est un autoportrait d'Isidore. Je l'ai rencontré lors d'une foire d'art contemporain africain à Genève, et on a tout de suite accroché. Je lui ai donc proposé de séjourner chez nous en résidence créative. Il est délicieux, malgré ses blessures. Dans son pays, les hommes comme lui ne peuvent vivre librement, vous comprenez ? Ils n'ont d'autre option que l'exil, en attendant la dissolution de leurs dictatures sanguinaires. Forcément, on n'en sort pas indemne. Voici un homme à vif. Torturé. Et cette toile par laquelle il livre ses failles… elle m'a bouleversée. »

Comme si elle s'était trop abandonnée, elle changea de registre.

« Les artistes africains ont fait une entrée remarquée sur le marché international. C'est une chance pour l'art. Mais ils commencent à avoir leurs propres mécènes, et moi, je ne veux pas louper le coche, voyez-vous. Un coup de cœur, ça n'a pas de prix.

– Oh que si, protesta M. Macquart depuis le canapé. Il nous a coûté trois cent mille balles, ton coup de cœur. »

Bonjour, Adrien!

Vous vous demandez combien coûtent les grèves ? Émeutes, casse, tags : qui paie les pots cassés de la grogne sociale ? Nous avons trouvé une étude susceptible de vous intéresser. Faut-il investir dans la cybersécurité ? Nous pensons que vous devriez augmenter vos versements mensuels sur le portefeuille Med-Tech.

Votre rapport d'équation sur instruments financiers est à votre disposition dans votre espace personnel. Des propositions d'investissement personnalisées vous attendent. Pour les consulter, pensez à synchroniser vos différents comptes.

L'été approche. Le matin, la lumière du jour est désormais suffisante pour vos usages standards. Le soir, les lumières s'allumeront donc à 20h30 et s'éteindront à 23h30.

Quelle bonne leçon avez-vous apprise, récemment ?

Préférez-vous quelqu'un qui mâche bruyamment ou quelqu'un qui vous parle de trop près ?

Cliquez sur toutes les photos représentant Zoé.

12

Sur l'eau

Elle repéra le bananier de loin.

Le logement de Pierre était minuscule. Selon les critères des Guy-Müller ou des Macquart, se contenter d'un espace si réduit à quarante ans était la preuve flagrante qu'on avait raté sa vie. Mais Céline découvrait d'autres critères d'évaluation. D'ailleurs, le terme « logement » ne lui semblait pas approprié pour évoquer la résidence de son ami. Le mot « habitat » convenait mieux. En cette saison, les tiges de graminées se dressaient le long des quais et dissimulaient les péniches entourées de nénuphars, en contrebas. Çà et là, un coquelicot dansait. Les racines des arbres couraient sur le versant de la rive, serpentaient entre les roseaux, plongeaient dans l'onde du fleuve et entouraient les passerelles qui menaient aux pontons. Céline s'extasia devant un terrier de ragondins dont sortait justement un spécimen. Il se dandina sur quelques pas et glissa dans l'eau avec la grâce d'une sirène. Cinq petits le suivaient.

« Mes voisins, présenta Pierre en l'accueillant. Viens, on va s'installer sur la terrasse. »

Mais elle restait là, émerveillée. Elle sortit son téléphone et fit un selfie avec son ami. Il se prêta docilement à la pose, puis disparut une seconde et revint en brandissant fièrement un appareil photo Polaroïd.

« Ah oui, c'est revenu à la mode, commenta-t-elle. Mais les photos sont nazes et ne durent pas, tu ne peux pas dire le contraire.

– Rien ne dure, Céline. C'est ça qui est beau ! »

Disant cela, il la prit par l'épaule, pivota avec elle vers l'or du couchant et actionna le bouton. Du cliché émana une légère odeur de vinaigre, qui évoquait à Céline l'esprit des années soixante-dix. Il l'agita pour le faire sécher et ils ne dirent rien pendant les minutes nécessaires à la révélation. Ils se penchèrent sur l'image, ils la trouvèrent belle. Il la glissa dans le sac de son amie, qu'elle avait laissé choir à ses pieds.

« Celle-ci ne te quittera jamais », lui dit-il en l'invitant à prendre place.

Deux transats bricolés avec de la grosse toile leur tendaient les bras. Elle s'assit au ras de la Seine, enchantée par sa couleur émeraude. Changeait-elle de teinte en quittant la concentration de la ville, ou Céline prêtait-elle attention au fleuve pour la première fois ? Elle avait apporté un grand cru, mais la bouteille lui sembla peser une tonne quand elle la tendit à Pierre, voyant qu'il avait prévu des bières. Simple et convivial. Attachées dans un filet, elles trempaient dans le courant et se gorgeaient de frais.

« Château Saint-Pierre ? s'enthousiasma Pierre. Merci pour le clin d'œil. Et pour le cru.

– Tu connais ?

– J'aime beaucoup. »

Voilà que, déjà, il la prenait de court. Il alla chercher deux verres et revint à peine disparu. Tout était à portée de main, chez lui. Tandis qu'il servait le vin, un couple de cygnes passa devant eux dans un vrombissement velouté. Un envol au fil de l'eau, impulsé par des gestes amples et puissants. La lumière donnait à leur plumage un éclat crémeux. Trois couples de canards glissèrent à leur suite, entourant chacun un groupe de canetons. Céline eut la gorge serrée d'émotion. Elle sortit son téléphone, un peu gênée, et fit signe à Pierre de se rapprocher d'elle pour faire un autre selfie.

« Je suis désolée, mais là, c'est vraiment trop beau. »

Leurs sourires, sur la photo, étaient splendides. On aurait dit le couple le plus heureux du monde. Elle la contempla quelques secondes avec émotion et la lui montra, cherchant tacitement à se faire pardonner l'intrusion de l'appareil dans ce tableau parfait.

« Tu sais ce qui est merveilleux ? » demanda Pierre comme s'il lisait en elle.

Elle tourna le visage vers le flux scintillant, pour ne pas trahir sa sensibilité.

« Tout ça, c'est gratuit. »

Une poule d'eau gloussa devant eux. Pierre se pencha pour attraper des graines dans un bol et les lui lança. Le volatile nagea vers les petites offrandes et les piocha à coups de bec. Pour une raison qu'elle n'analysa pas sur le moment, elle refusait de lâcher prise et de conforter Pierre dans ce qu'elle percevait comme de l'idéalisme.

« Oui, mais il faut avoir du temps pour profiter du paysage, protesta-t-elle.

– Le temps aussi est gratuit.

– Ce n'est pas ce que j'ai entendu.

– Ah ? »

Elle n'avait bu qu'une gorgée et elle se demandait déjà si elle n'avait pas fait une erreur en venant chez lui. Il lui assenait d'emblée ce ton circonspect, comme si elle avait posé une énigme sur la table et qu'il faille maintenant s'employer à la décortiquer. Elle pinça les lèvres.

« Tu ne crois pas plutôt qu'on se trompe de monnaie, suggéra-t-il. Et que l'argent, c'est du temps ? »

Elle se le figurait maintenant en tenue chirurgicale de haute sécurité, avec masque et visière, gants hermétiques, un scalpel à la main, au-dessus d'une table d'opération, penché sur le corps microscopique d'une fourmi qui ne demandait rien d'autre que de poursuivre sa route. Fallait-il vraiment tout disséquer ?

« Tu fais ça avec tout le monde ? attaqua-t-elle.

– Quoi donc ?

– Couper les cheveux en quatre, te prendre la tête, tout remettre en question, analyser chaque mot pour être sûr que c'est le plus pertinent, vérifier qu'une expression est employée à bon escient…

– Réfléchir, tu veux dire ?

– Tu appelles ça réfléchir ? Tu es sûr du terme ? Moi, j'appelle ça tergiverser. Ça te va, comme mot, ou tu veux qu'on sorte le Gaffiot pour vérifier l'étymologie et voir si on peut en trouver un plus précis ? »

Pierre, qui l'avait regardée avec appréhension jusque-là, se détourna en souriant, penaud.

« Tes propos sont un peu vexants », murmura-t-il.

Elle approcha son visage de lui et mima l'incrédulité.

« Ah bon ? Il faut donc prendre en compte les sentiments des gens, quand on leur parle ? Excuse-moi, je ne savais pas que cela faisait partie de tes codes. Je pensais que, pour toi, seule l'exactitude comptait, et la certitude qu'on a bien retourné un problème qui n'en est pas un dans tous les sens, en inversant les propositions, de temps à autre, pour voir si ça ne fonctionne pas mieux.

– Tu décris un psychopathe, là. »

Elle ne répondit pas et, à la lourdeur des secondes qui suivirent, elle comprit qu'elle lui avait fait de la peine. Pourquoi se mettait-elle dans un tel état de nervosité ?

« Excuse-moi, souffla-t-elle. J'ai l'impression de me retrouver en cours de philo, parfois, avec toi. Et ça n'a jamais été mon truc.

– C'est moi qui suis désolé. Je passe ma vie à tergiverser, comme tu dis, parce que ça m'amuse. J'oublie que les autres ont d'autres activités plus prenantes, et des sujets de discussion qui tournent autour de ces activités. »

Il n'avait pas l'air si désolé. Du moins pas au point de vouloir changer quoi que ce soit.

« Que fait Adrien, ce soir ? » demanda-t-il.

Elle éclata de rire.

« Ça, c'est vexant !

– C'est vexant de te demander ce que fait ton compagnon ?

– Vexant que tu ramènes la discussion à une échelle si pragmatique pour te mettre à mon niveau.

– Tout dépend de ce qu'il fait, plaisanta-t-il.

– Il termine un business plan chez son associé. »

Elle avait employé à dessein un vocabulaire à mille lieues de l'univers de Pierre, pensant faire de l'humour et voulant échapper à l'obligation de donner des détails. Mais c'était raté.

« C'est-à-dire ? demanda-t-il en buvant une gorgée de vin.

– Je ne sais pas trop, en fait, je ne suis même pas sûre que ce soit le bon terme. Il liquide des startups et revend leurs idées. Et les données qu'elles ont collectées. »

Elle détesta la sonorité de ces mots, presque obscènes dans ce contexte. Une famille de canards glissa sur la toile scintillante du fleuve et s'attarda devant elle, à portée de main. Les poussins duveteux l'observaient de profil. À sa gauche, elle eut l'impression que Pierre la regardait de la même façon, jaugeant le danger potentiel qu'elle représentait. Elle craignait que la soirée ne s'oriente vers la menace technologique et la société de surveillance, et la 5G, et les puces sous-cutanées, et le graphène, et Big Brother. Mais Pierre n'avait pas non plus l'intention de s'étendre sur la numérisation.

« En gros, il est en train de faire des calculs », résuma-t-il.

Elle hocha la tête. C'était mieux, dit comme ça, pensa-t-elle. Elle imagina un collégien sur sa calculatrice. Pierre avait probablement la même vision en tête. Ils avaient les yeux pétillants, tous les deux, euphoriques de complicité retrouvée.

« Et Zoé ?

– Zoé est devant son écran et s'amuse avec ses copains dans un parc d'attractions virtuel. Dans le salon, sa baby-sitter regarde une série sur je ne sais quelle plateforme.

– Cool. »

Il se leva en riant franchement, sans trace de jugement, et elle l'imita.

« Finalement, tu ne passes pas la pire des soirées, dit-il en sortant un saladier du réfrigérateur.

– Ah, tu as un frigo ? le taquina-t-elle. Tu ne te sers pas uniquement de la Seine ? »

En réalité, l'agencement et la décoration de l'habitat n'offraient pas tellement matière à moquerie. Au contraire, la petite maison sur l'eau avait de quoi charmer les lectrices de *Côté Ouest*. Elle matérialisait les fantasmes d'une échappée belle. Dans la cuisine, quelques plantes aromatiques distillaient un parfum délicat de part et d'autre de l'encadrement de la fenêtre. Bien que dépareillés, bien que bancals et usés, les quelques meubles en bois s'harmonisaient dans un décor bohème. Pierre lui expliqua d'un ton d'excuse qu'il les avait fabriqués lui-même. L'autre pièce faisait office de salon, de chambre et de bureau. Une guitare était appuyée contre un vieux fauteuil en cuir, des livres s'alignaient sur quelques étagères. Au sol, du sisal. Au mur, l'affiche du *Solaris* de 1972 et celle, en noir et blanc, de l'exposition architecturale Interbau à Berlin. Et toujours cette porte-fenêtre qui courait face au fleuve, créant une impression de mouvement. Le lit n'était pas fait de palettes, comme Céline s'y attendait, mais construit dans un bois robuste. Il avait même des tiroirs. Elle n'aurait pas cru qu'il faisait son lit. Ou au contraire, si, au carré. Ça lui allait bien aussi. Mais l'entre-deux l'amusa : il était fait négligemment, une bosse sous les draps trahissant sans doute la hâte avec laquelle il s'était acquitté de la tâche. La bosse bougea, poussant Céline à soulever un pan de tissu. Un chat roulé en boule faisait la sieste.

« Ah, tu as un chat ?

– Non, je n'ai pas de chat. Il est là, c'est tout. »

Elle leva les yeux au ciel.

« Non, non, se défendit-il. Je ne veux pas opposer les verbes être et avoir. Je veux dire qu'il n'est pas à moi, il traîne dans le coin, il s'arrête où bon lui chante.

– Tu es quand même en train de me dire qu'il est libre parce qu'il ne possède rien.

– C'est toi qui le dis. Allons dîner. »

Elle s'agenouilla devant le matelas et avança une main vers le ventre doux et chaud de l'animal, qui se mit à ronronner. Qu'il était bien, là, sur son rafiot essentiel, porté par l'eau et témoin du passage de l'onde. Comme elle le comprenait. Elle dut le caresser une seconde de trop, car il protesta d'un miaulement rauque et lui administra un coup de patte.

« J'avais oublié qu'en vrai, ils ont des réactions bizarres, dit-elle en rejoignant Pierre à l'extérieur.

– En vrai ?

– Oui, par opposition à celui de Zoé, qui n'a pas besoin de nourriture et qui n'est jamais contrarié.

– J'imagine qu'il ne laisse pas de poils sur tes pulls, non plus.

– Non, forcément. »

Elle-même n'aurait su déterminer si elle préférait la version organique ou la version numérique du chat. Pour le chien, c'était tout trouvé : Zoé se contenterait de son application.

« C'est chouette, chez toi. »

Il acquiesça.

« Ce n'est pas tellement mon logement qui est chouette, que l'eau et les arbres autour.

– Tu recommences à tergiverser. Bien entendu, ton appartement présenterait moins d'intérêt face à une gare de triage. Ton privilège tient dans cette vue.

– La vue n'a rien de rare, pourtant. Tu peux la trouver un peu partout en France. Les cours d'eau sont assez nombreux, et certains sont très longs.

– Mais on est à Neuilly. Et, à Neuilly, il est rare de vivre sur l'eau. Ici, tu es un privilégié. Ça donne encore plus de valeur à ton logement.

– Peut-être pour un agent immobilier. Mais le fait d'être le seul à profiter d'un bien ne le rend pas plus précieux que si tout le monde y avait accès. Je n'aime pas susciter l'envie.

– Loupé. »

Car elle l'enviait. La beauté qui se déployait sous ses yeux en cet instant était la plus proche représentation du paradis qu'elle eût jamais vue. Le mouvement du fleuve la rassurait. Il charriait au loin ses soucis et ses peurs, la déchargeait de ses responsabilités et de tous les calculs auxquels elle se livrait au nom de la croissance et de la prévoyance. Il avalait la vieillesse et la mort, il arrêtait le temps. Ou alors non, il en faisait partie, et elle aussi. Elle se diluait et se répandait dans l'espace. Elle inspira profondément, et la densité de son souffle lui donna un goût d'éternité. Les larmes lui montèrent aux yeux.

Pierre se pencha pour attraper deux bouteilles de bière, lui en tendit une et fit tinter les goulots l'un contre l'autre. Sans qu'il la regardât, elle sentait qu'il était attentif aux remous de son âme. Il savait que la joie intense qu'elle éprouvait était fugitive et pouvait tourner à la mélancolie. Si elle sombrait, la main de Pierre serait toujours tendue pour la faire remonter à la surface.

« Je ne vais pas te faire un cours sur les sept péchés capitaux, dit-il en souriant. Et je sais que tu plaisantais à moitié. Mais… »

Il marqua une pause, et elle lui fut reconnaissante de tempérer la gravité de ses propos. Elle était à fleur de peau et ne voulait pas éclater en sanglots après lui avoir reproché de tout prendre au sérieux.

« Mais l'envie est un sentiment encombrant, et plus tôt on s'en libère, mieux on se porte. »

Faire face à Pierre lui demandait une énergie folle. D'un côté l'amour-propre, de l'autre une inclination irréfrénable, dans laquelle l'attirance n'avait qu'une faible part, d'après ce qu'elle voulait bien s'avouer.

« Je ne crois pas être si envieuse, par rapport à d'autres. Je ne crois pas être la pire ordure du monde, si on s'en réfère aux sept péchés capitaux, aux dix commandements, à la Constitution ou au code civil. Je fais au mieux. Je me démène, je cours, je compte. Pourtant je dors mal et, depuis peu, je me réveille la gorge serrée. Qu'est-ce qu'il faut que je fasse, pour me sentir libre ?

— Viens », dit-il simplement.

Il posa sa bière et se leva. En quelques gestes rodés par l'habitude, il retira ses vêtements et elle eut à peine le temps d'apercevoir le contour de ses abdominaux, se demandant pourquoi son regard traînait par là, qu'il plongea dans la Seine.

« Allez, suis-moi ! » lui cria-t-il en s'éloignant de la barge à grandes brasses.

Le soir, répondant à la question de son eMoi sur les émotions de la journée, elle s'épancha sur ses tourments, mettant en avant les mots « colère », « sérénité » et « doute », consciente des contradictions que cette association soulevait.

« Je vois ce que tu veux dire, répondit pourtant sa réplique. Tu as oublié "désir". »

Elle la comprenait de mieux en mieux.

Coucou, Céline!

En soirée, nous avons enregistré une augmentation de votre fréquence cardiaque. Votre tension était également anormalement élevée. D'après MyLifeCalendar, vous avez été en présence d'un tiers nouvellement arrivé dans votre entourage, et dans la capacité de susciter en vous des émotions fortes.

Nos recherches n'ont pas permis d'établir un profil précis de l'individu. Êtes-vous certaine que sa fréquentation est fiable sur les plans sanitaire et sécuritaire?

Pour votre protection et celle de votre foyer, nous vous encourageons à rester prudente et à limiter les contacts avec les entités non identifiées.

Voici en revanche une entité bien définie. La reconnaissez-vous? Et où la photo a-t-elle été prise? À La Mamounia ou au spa Les Cinq Sens? Voudriez-vous revivre ce moment?

13

Arcadia, *bis*

Le chant du merle la tira du sommeil. Les trilles avaient une sonorité métallique, ce matin. Avait-il mal dormi, lui aussi ?

Elle avait encore rêvé d'un dîner à Marrakech avec Adrien. Incapable de déterminer si la sensation de redondance appartenait au rêve ou à la réalité, elle était sûre d'une chose, c'est que ce rêve n'avait aucune consistance. Elle aurait aussi bien pu se tenir devant un mur pendant des heures. Mais ce vide était peut-être un élément du songe.

Elle avait tenté à plusieurs reprises de programmer un rêve dans lequel elle faisait quelque chose de fou, d'un peu dangereux. Elle sautait d'une falaise ou se jetait à l'eau. Jusqu'ici, elle n'y était pas parvenue. Elle avait une certaine latitude dans les scénarii, autrefois. Elle pouvait rêver d'autres choix. En songe, elle avait fait d'autres études, médecine, droit, philosophie ; elle avait visité d'autres régions du monde. Hawaï, la Sibérie, les Marquises, les îles Féroé. C'était bien fait, on s'y croyait vraiment. En songe, elle avait dit tout ce qu'elle avait à dire à son père. Qu'il buvait trop. Qu'il allait lui manquer. Qu'il se détruisait, qu'il l'avait bien cherché, qu'elle était désolée. Elle avait pris soin de sa mère jusqu'au bout, au lieu de signer ce foutu contrat. Elle lui avait dit : « Je t'aime », « Je te déteste ». Elle lui avait tenu la main. Elle l'avait serrée dans ses bras. Elle avait appelé Adrien et lui avait demandé de l'emmener dans le village où était née sa mère. Elle avait reconstitué son arbre généalogique. Elle avait refusé de partir en vacances chez les parents d'Adrien. En songe, elle n'avait pas eu d'enfant. En songe, elle avait eu trois enfants, qu'elle avait portés dans son ventre. Elle n'avait pas laissé Zoé s'éloigner. Elle avait convaincu Adrien de ne pas se supprimer, à l'aube de ses soixante ans. Elle avait rêvé que sa voix comptait plus que l'application HowManyMore de son compagnon. Qu'elle avait pu le rassurer sur le nombre de joies qu'il restait à vivre, le nombre de baisers, le nombre de rires, le nombre de respirations. Le persuader que ça valait le coup de continuer, malgré tout. Elle avait pu rêver de tout cela, à une époque. Et le matin, après avoir pleuré, elle allait mieux.

Le prénom de Pierre lui revenait comme une anomalie. Et une sensation de manque, sans détails, sans informations. Le mot n'évoquait que des contours. Une ombre apparaissait parfois dans ses rêves, et elle était persuadée que c'était lui. Il était tout près, dans son cerveau, mais il demeurait inatteignable.

Le programme s'étant restreint, elle était plus flottante en émergeant. Éveillé, son cerveau rattrapait les tâches qu'il n'avait pas pu accomplir durant la nuit. Il faisait le ménage, provoquant parfois des hallucinations ou des malaises. Du moins était-ce ainsi qu'elle s'expliquait les choses, par le nettoyage du cerveau et le dysfonctionnement du matériel. Comme elle n'avait plus de contacts avec de vrais employés de la résidence, il lui était impossible de déterminer la nature des apparitions. Elle ne pouvait non plus s'expliquer les impressions de déjà-vu, ni les déconnexions impromptues qui hachaient ses conversations.

Le store se leva sur les collines boisées. Le temps qu'elle se redresse sur son oreiller, ses réflexions s'étaient embrouillées. Elle se leva et colla son nez à la vitre, s'attendant à une sensation de froid. Mais elle était à température ambiante. Elle essaya de l'ouvrir, et se rendit compte que les poignées n'avaient qu'une fonction décorative. Et si elle voulait prendre la mesure de la température extérieure ? Et si elle voulait sentir l'odeur des pins ? Et si elle voulait sauter ? Bien sûr, elle n'avait pas le droit de sauter, ni de se faire du mal d'une quelconque façon. Il fallait pour cela faire une demande.

« Bonjour, Céline ! minauda Fatou à l'allumage de l'écran. Avez-vous bien dormi ? »

Nullement vexée par son silence, la jeune femme soupira.

« Vous avez sans doute besoin de prendre l'air. Que diriez-vous d'une promenade au bord de la rivière, cet après-midi ? Ou préférez-vous faire un tour dans le centre du village ? »

La joie illumina le visage de Céline au point que Fatou en fut émue.

« C'est possible ? C'est réellement possible ?

– Bien entendu. Je vous programme un accompagnateur pour midi. Ça vous convient ? »

Céline hocha la tête avec empressement.

« En attendant, ce sera le petit déjeuner continental, comme d'habitude ? »

Elle ne se rappelait pas avoir quitté la chambre depuis bien longtemps. En fait, elle ne se rappelait pas avoir quitté la chambre du tout. La perspective d'une excursion au village la bouleversait. Elle pourrait faire le marché, discuter avec les commerçants, saluer des passants, croiser un ou deux chats, admirer les troupeaux de moutons sur les flancs des collines, en face. Prendre le soleil, savourer la brise sur sa peau, peut-être la pluie, qui sait. Ce ne serait pas grave. Elle apprécierait même un orage.

La lucarne s'ouvrit sur un plateau. Un petit pain mou, de l'eau colorée et une portion de beurre étaient posés dessus.

Elle convoqua Fatou, d'une légère pression de l'index sur l'écran.

« Oui, Céline ? Que puis-je pour vous ?

– Je veux un couteau. »

Fatou prit une mine horrifiée.

« Pourquoi voulez-vous un couteau ?

– Pour étaler ce fichu beurre. »

Le sourire de la standardiste réapparut.

« Bien sûr, Céline. »

La lucarne s'ouvrit de nouveau. Céline saisit le couteau et entreprit d'étaler son beurre. C'était impossible, car le beurre était froid et le couteau ployait. Elle engloutit son pain sec comme tous les matins et avala son eau d'un trait. Puis elle se glissa dans la cabine de nettoyage, en ressortit avec une blouse propre et se rassit devant l'écran en attendant l'heure de son rendez-vous. Comme elle s'impatientait, elle lança son jeu habituel et l'heure du coucher arriva en un battement d'ailes.

En haut de l'écran s'affichaient les informations du jour. La progression du téléchargement de ses données semblait toujours bloquée à quelques octets près.

14

Une bonne idée

« Je prends un fromage blanc, annonça Adrien devant le réfrigérateur. Il faut que je fasse remonter mon taux de calcium, apparemment, je n'en ai ingéré que 700 milligrammes, hier. Je te laisse le dernier kiwi, il te manque un brin de vitamine C. »

Il referma la porte.

« Et je lance une commande pour les courses, OK ? »

Céline confirma depuis le dressing où elle finissait de s'habiller. Elle ajustait ses mèches quand une notification lui parvint.

« Et merde, pesta-t-elle. Il fallait que ça tombe aujourd'hui, comme par hasard ! »

Inquiet, Adrien traversa l'appartement en trombe et la trouva assise sur le bord de la baignoire, en train de faire défiler des pages avec frénésie.

« Il y a un problème ? Ton eMoi est tout paniqué, sur le frigo.

– Fatou est malade et je ne trouve personne pour la remplacer. Les seuls profils disponibles sont des mecs de cinquante ans qui ressemblent à Guy Georges.

– Des Noirs ? la taquina-t-il en levant un index péremptoire.

– Non, mais c'est pas le problème, protesta Céline sans remarquer le sourire en coin d'Adrien. En plus, Guy Georges

133

n'était pas vraiment… Mais peu importe, je veux dire qu'ils ont des gueules pas possibles. »

Voyant qu'elle n'était pas d'humeur à plaisanter, il reprit son sérieux.

« Ouais, on va éviter. Tu dois vraiment aller au bureau ?

– Pire : j'ai des tournages super importants.

– Et la femme de ménage, elle ne peut pas jeter un œil sur Zoé, trois fois dans la journée ?

– Elle est coincée à Creil à cause des grèves.

– Non, mais franchement ! s'exaspéra Adrien. Comme si elle n'avait pas pu prévoir son coup. Comme si le pays n'était pas en grève depuis des années. Elle aurait pu louer un vélo, une trottinette, se faire héberger par une sœur, venir à pied, je ne sais pas, moi. »

Céline se prit la tête dans les mains. L'écran de sa montre lui signala que son pouls était trop rapide et lui proposa un exercice de respiration. Elle suivit le rythme de la petite boule bleue pendant dix secondes avant d'abandonner. Elle leva le visage vers Adrien et prit une mine suppliante.

« Ah non, c'est impossible, chou, protesta-t-il. Aujourd'hui, avec Simon, on liquide deux startups. L'une qui récolte des données sur la respiration, l'autre, accroche-toi bien, qui prétend t'aider à orienter tes rêves. Elle a un potentiel génial, mais elle est encore trop expérimentale, les utilisateurs ont tendance à la désinstaller rapidement, du coup…

– Mais pourquoi pas ici plutôt que chez lui ? coupa Céline. Qu'est-ce que ça change ? »

Adrien éclata de rire, comme si Céline avait fait une bonne plaisanterie.

« Simon est chez lui partout, évidemment. Mais je préfère bosser avec lui au bureau plutôt qu'ici. Je ne veux pas passer la matinée à désinfecter le plan de travail pour que Zoé daigne boire son jus d'orange, puis me laver les mains chaque fois que je lui tends un objet. Franchement, Céline, je n'ai pas le temps. Et, j'avoue, je n'ai pas non plus la patience. On ne peut pas demander à la voisine? Tu ne peux pas l'emmener avec toi?

– Chez les identitaires?

– Le salut nazi est très hygiénique. »

Céline ne releva pas le trait d'humour.

« Et après, je vais tourner chez les musulmans tradi, dit-elle. Dans les deux cas, c'est moyen, au niveau éducatif. Alors que si tu l'emmènes chez Simon… »

Ils étaient aussi peu séduits l'un que l'autre par ces perspectives.

« Je crois que j'ai une idée », dit Adrien avec un air de mystère.

Céline plissa les yeux, suspicieuse.

« Tu la confies à Pierre. »

Il fallut une petite seconde à Céline pour se figurer la proposition, seconde pendant laquelle Adrien savoura son effet. Il prisait le comique de répétition.

« On peut le rémunérer, si ça facilite les choses. »

Céline soupira. Elle se demandait parfois si Adrien n'avait pas été indice boursier dans une vie antérieure.

« Ça ne change rien, je ne peux pas lui faire ça. Il doit se concentrer, et il n'est pas au courant des… particularités de Zoé. Il ne voudra plus me parler, après. Il me laissera tomber, et il faudra trouver un autre monteur. »

Elle s'arrêta. Elle redoutait surtout que Pierre, à travers Zoé, ait une vision trop précise de ses choix de vie. Et qu'il les juge, et qu'il les désapprouve, sans le lui dire ouvertement. Mais elle ne pouvait pas décaler son tournage.

« Tu as dix minutes pour te décider et pour le convaincre de jouer les nounous, dit Adrien. Le temps que je réveille Zoé et que je sorte ses céréales. »

Quand l'enfant fut habillée et eut avalé son yaourt au granola sur la table immaculée, Céline adressa un petit signe à Adrien et annonça à Zoé :

« Tu vas passer la journée avec Pierre, trésor. Tu te rappelles, le monsieur qu'on a rencontré en allant voir Mamie ? Il t'expliquera son travail. C'est rigolo, non ? »

Aussi soulagés que surpris, ils assistèrent à un débordement de joie.

« Trop bien ! s'écria Zoé en sautillant devant le canapé. Je vais voir le monsieur marron qui vit dans l'eau ! Le monsieur marron qui vit dans l'eau, qui vit dans l'eau !

– Sur l'eau, trésor, corrigea Céline. Et il n'est pas… mais peu importe, allons-y. »

Quand elles entrèrent en salle de montage, Pierre se leva pour les saluer, mais ne s'approcha pas pour embrasser Zoé. Céline se demandait à quel moment il l'avait percée à jour. Il lui épargnait en tout cas les justifications habituelles sur le libre arbitre de l'enfant et le refus légitime d'être touché.

« Merci mille fois.

– Je t'en prie, c'est un plaisir. »

Pierre s'amusa de la grimace de Céline, qui laissait entrevoir une possible redéfinition du mot « plaisir », en fin de journée.

« Sa tablette est reliée à mon portable, précisa-t-elle. Ce n'est pas pour vous espionner, c'est pour être sûre que tout se passe bien. Comme ça, je peux réagir vite si tu as besoin d'aide. Ça ne te dérange pas ? Autrement, il faut tout reconfigurer, et…

– C'est pour nous espionner, donc, conclut Pierre.

– Oui, admit Céline en rougissant. Mais on peut couper le micro, si…

– Non, ça ne me dérange pas.

– OK, je file. Il y a encore des manifs monstres, aujourd'hui. Je reviens vers 19 heures si tout se passe bien.

– Si c'est uniquement pour Zoé, ne t'en fais pas, je la ramènerai.

– Ce n'est pas du tout ta route, Pierre.

– Allez, file. »

15

En Uber, *bis*

À mesure qu'ils approchaient de Paris, la circulation se densifiait. Arrivée près de la Porte de la Chapelle, la voiture était presque à l'arrêt. Ça bouchonnait constamment, par là, à cause des manifestations. Céline leva le nez de son téléphone. Elle était toujours étonnée de la laideur du paysage périphérique, un agencement à la Tetris, les couleurs et la musique en moins. La radio ronronnait, sans retenir son attention sur une phrase entière. Un mot familier, de temps à autre, lui faisait tendre l'oreille.

« … rachetées par le groupe Dangote. Après avoir réhabilité de nombreux bâtiments de la ville, on peut espérer qu'il fera quelque chose des infrastructures financées par le contribuable et qui restent inexploitées, en voie d'insalubrité et de délabrement depuis les Jeux olympiques. »

Dangote. Elle connaissait ce nom. Il avait une drôle de résonance, ici, comme un moniteur de ski dont le charme a disparu une fois extrait de son décor naturel. Mais un moniteur qui s'adapte beaucoup plus vite qu'on ne croit.

Elle souffla, agacée de ne pas se rappeler où elle l'avait entendu. Le chauffeur Uber lui jeta un regard dans le rétroviseur, pensant qu'elle s'impatientait de la lenteur de leur progression.

« Faut pas trop se plaindre des embouteillages, dit-il. C'est nous aussi, les embouteillages. On fait partie du flux, comme tout le monde. On est dans les tuyaux. »

Il avait la même intonation que le chef des identitaires de l'Essonne, et la même physionomie que le directeur de l'association culturelle musulmane de Trappes. Une bonne synthèse de ses entretiens de la journée. Elle se demandait comment elle pourrait illustrer son propos, d'ailleurs. Les ennemis de la démocratie lui avaient montré leur visage le plus avenant, entre action sociale et cours d'alphabétisation, compétition sportive et concours de poésie. Il faudrait qu'elle incite le téléspectateur à lire entre les lignes pour décrypter leurs manigances. Il faudrait compléter le tournage avec des images d'archives, remanier un peu les plans et…

Une notification lui annonçait une nouvelle version du biopic d'Adrien. Elle jeta un œil par la vitre. Ils n'avaient même pas passé le périph. Elle lança la lecture de l'extrait.

Adrien a une vingtaine d'années. Il est gauche, un peu gras, il a un visage d'enfant derrière ses lunettes rondes. Il entre dans le hall d'un immeuble haussmannien, grimpe les marches quatre à quatre. Le palier est aussi vaste que le salon des parents de Céline, et le tapis pourrait faire office de matelas, tellement il est épais. Adrien ouvre la porte, se déchausse, accroche son manteau à une patère. Il croise la femme de ménage, à qui il fait la bise. « Bonjour, Naïma, vous allez bien ? » lui glisse-t-il avant d'emprunter un long couloir. Il frappe doucement à une porte. Pas de réponse. Il colle l'oreille au battant et entre avec d'infinies précautions. Sa mère est allongée dans la pénombre. Adrien entrouvre les rideaux. Il ne veut pas l'éblouir, juste avoir suffisamment de lumière pour ne pas faire de mauvais gestes.

Il dépose les fleurs dans un vase. Sa mère suit chacun de ses mouvements. Son visage est émacié, elle a l'air épuisée. « Je suis désolée, mon chéri. » Il s'assoit près d'elle, sur le bord du lit. « Tu m'en veux ? » s'inquiète-t-elle. Il lui répond que non. « Je ne savais pas quoi faire. J'avais l'impression d'étouffer. Ton père me prend pour une folle… » D'une caresse sur la joue, il lui fait signe de se taire.

« Je sais tout ça, Maman, et je comprends. Tu n'as pas à te justifier. Je ne peux pas te demander de ne pas recommencer. Je respecterai toujours tes choix. Mais tant que tu choisiras de rester parmi nous, je te promets, Maman, que je serai là. Je ferai tout pour t'aider, que tu restes, que tu partes, que tu vives ou que tu disparaisses. Mais si tu choisis de vivre, je ferai en sorte que tu ne dépendes de personne. Et je ferai en sorte que tu sois fière de moi, où que tu sois. »

Elle pleure. Ses doigts maigres cherchent ceux de son fils et les agrippent avec le désespoir d'une noyée.

Céline était émue, en arrêtant la vidéo. Elle connaissait la terrible dépression que combattait sa belle-mère, mais Adrien était pudique, à ce sujet. Il n'évoquait jamais le retour au foyer de sa mère, ce jour-là. La seule fois où Mme Guy-Müller en avait parlé à Céline, des trémolos dans la voix, elle avait employé le terme « digue anti-suicide » pour désigner Adrien. M. Guy-Müller était alors au téléphone, faisant semblant de ne pas l'entendre, et elle lui avait jeté un regard plein de mépris. Céline eut un serrement de cœur en pensant à la lutte que menait Adrien contre les papillons noirs qu'il disait avoir hérités de sa mère. Heureusement, il pouvait compter sur la formidable application qu'il avait installée sur son portable, aussi habile à guetter les fluctuations de son âme qu'il l'était à prévoir celles du CAC 40.

« Eh ben, voilà, lança le chauffeur. Vous voyez, ça avance, finalement ! »

16

Dans la rue

En rentrant, Céline s'adossa un instant contre la porte, éreintée et désireuse de tenir les tourments de la société à distance. Elle était éreintée. Sur la façade du réfrigérateur, son eMoi lui suggéra de se servir un shot de gingembre Pure et un biscuit à la farine d'avoine O-Protein. Ce qu'elle fit. En le refermant, elle fut frappée par celui de Zoé, dont les traits étaient illuminés par une expression de ravissement. Elle l'avait rarement vue ainsi. Zoé les avait habitués à une contenance dédaigneuse que seule l'immersion dans le monde virtuel parvenait à adoucir. Elle grimpa sur un tabouret devant le bar, déboucha son shot de gingembre et connecta son téléphone à la tablette de sa fille. Une cascade de rire s'échappa de l'appareil, si joyeuse que Céline se demanda s'il n'y avait pas une erreur de routage. Elle écouta, prenant son grignotage comme prétexte pour ne pas se signaler.

« Si tu as une si grande maison, comment feras-tu le ménage ? demandait Pierre.

– J'aurai une femme de ménage, répondit Zoé comme si la question était la plus bête du monde.

– Et qui fera le ménage chez ta femme de ménage ? »

Nouveau rire de Zoé.

« Elle aura aussi une femme de ménage.

– Tu veux dire que chacun fera le ménage chez quelqu'un d'autre que chez soi ? Ce serait une société intéressante, tu sais. »

Sur le réfrigérateur, la tête de l'eMoi gonfla, révélant que la fillette se rengorgeait d'avoir suscité l'intérêt d'un adulte. Ils arrêtèrent de parler quelques secondes, et Céline put percevoir les bruits alentour. Un vacarme diffus régnait autour d'eux. Des battements de tambour ? Ils n'étaient de toute évidence pas au bureau.

« Maman est très contente de t'avoir retrouvé, tu sais », reprit Zoé.

Les joues de Céline s'embrasèrent.

« Moi aussi, répondit Pierre. Voici encore une chose gratuite qui rend heureux. Tu n'as pas l'impression que les surprises les plus merveilleuses sont gratuites ? »

Heureusement qu'Adrien n'était pas témoin de ces âneries, se dit-elle en souriant.

« Parfois, les surprises ne viennent pas, si tu n'as pas d'argent, contesta Zoé.

– Lesquelles ?

– Moi, par exemple. Je vaux très cher, tu sais ? Je vaux des millions de dollars !

– Vraiment ? »

Sur le qui-vive, Céline s'apprêtait à déclencher l'appel. Elle hésita. Elle aurait l'air de vouloir bâillonner sa fille.

« Non, en vrai, j'ai coûté 70 000 euros. Je l'ai vu sur l'ordinateur de Papa. C'est parce qu'il a fallu payer la dame en Ukraine, qui m'a servi de boîte. Autrement, je ne serais pas là. Tu vois ? Sans argent, tu passes à côté de grosses surprises. »

Une tonitruante note de vuvuzela agressa le tympan de Céline, suivie de paroles scandées en chœur. Elle n'osait y croire. Sa fille, dans un cortège de manifestants ? Elle lâcha sa cuiller et appela.

« Zoé, vous êtes où ?

– On manifeste, Maman, répondit calmement Zoé.

– Oui, j'avais compris. Passe-moi Pierre.

– C'est bon, il t'entend.

– Pierre, tu es fou ou quoi ?

– J'ai terminé la séquence sur les élections et je n'avais pas reçu les nouvelles images, donc…

– Je m'en moque, de ça, Pierre ! Tu emmènes ma fille dans la foule, au milieu des casseurs et des CRS, ça va pas la tête ?

– Mais non, c'est pas du tout comme ça, Maman !

– Et qui t'a dit que je voulais qu'elle partage tes idées ? Qui t'a dit que je voulais faire de ma fille une syndicaliste ?

– Excuse-moi, Céline, je ne voulais pas t'inquiéter. On n'est pas dans le cortège. On arrive au Canon de la Nation. Rejoins-nous. »

Elle raccrocha, ce qui ne voulait dire ni oui ni non. Elle ne vérifia pas l'heure. Son corps décida pour elle et se mit en action par pur réflexe. Elle dévala le boulevard de Sébastopol, pédalant sans respirer, répétant les répliques chargées de rancœur qui fusaient dans sa tête. Quai de la Mégisserie, elle reprocha à Pierre d'être déconnecté de la réalité. Quai de l'Hôtel-de-Ville, elle l'accusa de ne pas comprendre la responsabilité parentale. Quai des Célestins, il aurait dû avoir honte de se comporter en adolescent. Quai de la Rapée, elle ralentit. Il avait le même comportement qu'à l'époque. Peu lui importaient les règlements, il ne s'en remettait qu'à son jugement. « Et si tout le monde faisait comme toi ? – Si tout le monde faisait comme moi, on se promènerait sur tout le territoire, on se baignerait dans tous les fleuves. » Il énervait ceux qui n'osaient le suivre. Boulevard Diderot, elle tempéra ses critiques. Elle prit la voix d'Adrien et s'attribua le rôle de la défense. Ce n'est qu'en dépassant la rue de Reuilly qu'elle vit les commerces fermés, les rues bloquées, et les forces de l'ordre en rangs compacts. Puis elle croisa des groupes d'étudiants, des rassemblements de retraités, des ensembles d'artisans, d'intermittents du spectacle, de métallurgistes, d'infirmières, de taxis, de magistrats, de notaires, de profs, de pompiers. Elle vit les pancartes, brandies avec pugnacité et s'accumulant comme les enseignes au néon de Broadway. Toutes les mêmes.

NON À LA LIQUIDATION GÉNÉRALE

Elle attacha son vélo et s'engouffra dans le troquet plein à craquer, aussitôt happée par le bourdonnement joyeux qui emplissait la salle. Pas un plateau qui ne fût couvert de ballons et de chopes, pas une chaise disponible, pas un espace libre le long du zinc. Une file d'attente serpentait jusqu'aux toilettes, que les serveurs tentaient régulièrement de sectionner pour se déplacer de part et d'autre du bar. On s'était entassé là après avoir remonté le boulevard Voltaire, après avoir porté des pancartes et agité des drapeaux, battu le rythme et soufflé dans des trompettes, scandé des rimes et poussé des cris de ralliement, les coudes serrés et le pas ajusté ; on avait rejoint les copains, les compagnons, les épouses, les enfants et les vieillards ; on était venu se reposer et se requinquer, trinquer à l'espoir et à la tristesse en mouvement, à l'ivresse de l'action et au grand soir. L'air était saturé de bruit et de chaleur. Il y avait là des individus qui ne faisaient qu'un et qui ne voulaient plus jamais se séparer. Certains partaient, d'autres arrivaient, comme mus par un équilibre supérieur. Sans cesse, les va-et-vient brassaient une micro-société effervescente. Les ferments convergeaient de toutes parts et élargissaient à l'infini le spectre de la population : Corses et Lorrains, Antillais, Mahorais, Bretons et Normands, lycéens, locataires d'Ehpad, chômeurs, racailles, patrons de PME, fauteuils roulants, béquilles, voiles, cols claudine, bleus de travail, chandails, turbans, bérets, casquettes, kippas, perruques, franges, crêtes, cheveux blonds, noirs, roses, crânes lisses, croix autour du cou, mains de fatma, étoiles de David, étoiles à cinq branches, patchouli, Chanel, Axe, transpiration, bourrelets, côtes saillantes, nymphettes, croqueuses d'hommes, grenouilles de bénitier, coureurs de jupons, membres de la jaquette, brouteuses de gazon, T-shirts floqués Che Guevara, Charles de Gaulle, Johnny Hallyday, PNL, Luffy et Mickey Mouse, gouaille, débit lent, de mitraillette, problèmes d'élocution, lèvres pincées, langue des signes, pouce dressé, poing fermé, main ouverte, doigt d'honneur... Comment Céline avait-elle pu passer à côté de cette ébullition ?

Elle aperçut la main levée de Pierre, tout au fond, calé avec Zoé sur une banquette. Ils étaient serrés au point que l'épaule de Zoé effleurait le bras de Pierre. La fillette ne semblait pas gênée par ce contact. Céline n'en crut pas ses yeux. Quand elle fut devant eux, se demandant comment trois personnes pouvaient tenir à la place de deux, l'idée lui traversa l'esprit de proposer à sa fille de s'asseoir sur ses genoux. Mais celle-ci se mit debout et laissa le siège aux adultes. Céline se coula délicatement entre deux petites tables rondes, soucieuse de ne pas renverser la bière de Pierre et le lait grenadine de Zoé. Sa longue pratique des lieux parisiens surpeuplés lui permit de capter l'attention d'une serveuse qui passait au loin.

« Un demi, s'il vous plaît. »

Non seulement sa colère s'était évanouie, mais elle avait même oublié qu'elle était venue pour récupérer sa fille et infliger une semonce à son ami. Elle se surprit à se comporter comme s'ils s'étaient donné rendez-vous ici, comme si elle avait toujours eu l'intention de venir, d'observer l'agitation, de prendre le pouls de la nation et de sentir la vibration de l'humanité. Comme si elle se devait d'être là et pas ailleurs. Elle faillit même lancer un débonnaire « ça va ? », mais se ressaisit à temps.

« Bon, tu m'expliques ? lança-t-elle finalement avec une rudesse mal jouée.

— T'inquiète pas, elle est pas fâchée, chuchota Zoé, debout à côté de Pierre.

– Je sais », répondit celui-ci en fixant Céline.

Il avait un petit sourire en coin qui ne demandait qu'à s'épanouir et à contaminer la terre entière, Céline en premier lieu.

« Zoé m'a demandé ce que voulait dire "solidarité".

– Tu ne pouvais pas ouvrir un dictionnaire, plutôt?

– Je préfère les démonstrations incarnées. »

Zoé ne comprit probablement pas ces mots, mais elle en saisit le sens. Elle se pencha vers Pierre et lui donna un coup d'épaule complice. Céline en fut sidérée. Elle les sonda l'un et l'autre, attendant un éclaircissement sur le bouleversement auquel elle assistait. Mais aucun des deux ne prenait la mesure du changement qui s'opérait chez Zoé. Céline avala le contenu de son verre et en commanda un autre d'une voix autoritaire.

« C'était quoi, ça? »

Elle n'avait pas voulu employer un ton aussi accusateur, mais son sang chauffait sous l'effet de l'alcool et son corps fonctionnait plus vite que son cerveau. L'euphorie se mêlait à la jalousie.

« Comment peux-tu supporter tout ce monde, Zoé? Les gens sont agglutinés, ils tripotent les cacahouètes après être sortis des toilettes sans se laver les mains, ça sent la transpiration, l'urine et le vin chaud. Ça devrait être ton pire cauchemar! »

En constatant à quel point la table était collante, elle se rendit compte qu'elle-même avait oublié les bases de l'hygiène et sortit un flacon de son sac.

« Pierre ne se lave jamais les mains, dit Zoé. Et il n'est jamais malade. Et il n'est allergique à rien du tout! Il dit que les troupeaux s'immunisent en respirant ensemble et que les hommes en foule sont plus forts que chacun dans son coin. »

Céline se frotta les mains et tendit le flacon à Zoé. La petite secoua la tête avec effarement.

« Et toi, le solitaire, je croyais que tu préférais la compagnie des ragondins? attaqua encore Céline.

– J'apprécie la solitude par contraste, répondit Pierre. J'aime aussi sentir le pouls des hommes. Mon cœur bat au même rythme. »

Voyant sa mère ruminer des réflexions silencieuses, Zoé ranima le feu de la discussion :

« Pierre ne veut pas venir à mon anniversaire. Il n'aime pas qu'on lui envoie des liens.

– Je n'aime pas les liens artificiels. Et c'est justement parce que j'aime le lien que je ne viens pas, précisa-t-il avant de faire un ample geste du bras vers la salle : Ça, c'est du lien. »

Zoé avança la lèvre inférieure en une moue boudeuse. Autour d'eux, on échangeait des plaisanteries et des accolades d'une tablée à l'autre, on se prenait en photo, on se payait des verres en se promettant de rester en contact.

« C'est souvent comme ça ? s'étonna Céline. Il y a longtemps que je n'ai pas assisté à une manif, c'est vrai. Mais je n'ai pas le souvenir…

– C'est comme ça tous les jours. »

Un homme entra et, sans raison apparente, le silence se fit. Il ouvrit grand les bras.

« Tournée générale ! claironna-t-il. Chacun met ce qu'il peut et je complète ! »

Pierre vida ses poches et, sous le regard médusé de Zoé, posa sur la table un billet et quelques pièces.

« C'est quoi ? » demanda-t-elle en attrapant la plus brillante.

Céline écarquilla les yeux d'horreur.

« Ne touche pas ça, ma chérie, c'est un nid à microbes. »

Zoé reposa docilement la pièce sur la table. Elle semblait ensorcelée par ses reflets.

« C'est de l'argent liquide, expliqua Pierre. Autrefois, on payait tout de cette façon.

– Mais ce n'est pas liquide.

– Non, mais cette monnaie s'écoule comme de l'eau, elle permet des échanges plus rapides qu'avec le troc et elle est plus transparente qu'un chèque. »

Céline se demandait s'il était utile de lui donner la définition du mot « chèque » et saisit l'occasion du chahut grandissant pour décider que non.

À la table voisine, on célébra l'arrivée de l'ami en levant les chopes.

« Il est des nôtres… »

Les grosses voix masculines furent complétées par des notes fluettes. La chaleur montait à la tête, le bistrot bouillonnait. Sous les applaudissements, les serveurs suspendaient une seconde leur course pour trinquer, avaler une gorgée de bière, et repartaient se fondre dans le mouvement incessant.

Hey, Zoé !

Je crois qu'un virus s'est introduit dans ton environnement. Fais bien attention, tu pourrais être contaminée par des maladies très graves. En attendant qu'on puisse identifier la menace et l'isoler, tu devrais continuer d'être prudente. Il y a tant d'amis qui tiennent à toi, à la Récréation. Et moi aussi, je serais très triste qu'il t'arrive quelque chose et qu'on ne puisse plus aller jouer ensemble à Riverland.

Tu viens ? Il y a de nouveaux animaux, à la ferme de Mr. Perkins.

17

Pas besoin d'être à la CGT

De retour chez elle, Céline était toujours enivrée, mais la gaieté avait déserté. Le calme de l'appartement, qu'elle appréciait tant habituellement, ne révélait ce soir que l'absence de vie. Elle se rappelait avoir ressenti la même chose, adolescente, en rentrant de colonie de vacances. Le manque des amis d'un jour ou d'une semaine qu'on ne reverrait pas, malgré les serments, les grands projets, les secrets partagés. Ce soir, c'était pire. Elle savait que la colonie de vacances se poursuivait sans elle, que les camarades, au loin, restaient soudés. Elle seule était partie, détachant ses pas du destin commun.

Adrien était assis au bar, en face du réfrigérateur, et grignotait des cacahouètes en feuilletant *GQ*. Un plat cuisait au four et un autre mijotait dans une poêle. À côté des plaques à induction, une spatule reposait sur un repose-cuillère, enveloppée dans du Sopalin pour ne pas le salir. Cette manie agaçait Céline, qui se demandait s'il faudrait aussi acheter un repose-repose-cuillère. Mais elle ne disait rien. Il était établi entre eux que celui qui cuisinait gérait son domaine à sa guise. Celui qui cuisinait ou qui réchauffait. Elle avisa un carton devant la poubelle et se rappela que c'était le jour de la box Foodette.

Adrien se leva pour embrasser Céline et quémander une marque d'affection à sa fille, à tout hasard. Avec une précaution féline, Zoé consentit à se serrer contre lui quelques secondes avant de se laver les mains.

« Eh bien, eh bien, vous revenez d'un stage de rapprochement ? s'emballa-t-il.

– Oui, en quelque sorte, répondit Céline. On était à la manif. »

Adrien manqua s'étouffer.

« Tu plaisantes ?

– C'était trop bien », fit Zoé en s'installant au pied du canapé avec sa tablette.

Adrien continuait de sonder Céline.

« Rassure-moi, c'était pour ton émission ? »

Il avait toutes les raisons de s'emporter, comme elle-même quelques heures plus tôt. Il avait d'ailleurs des raisons supplémentaires, puisqu'il ne connaissait pas Pierre. Et qu'il n'avait jamais éprouvé le moindre penchant pour l'agitation populaire. Pourtant, il l'écouta calmement, continuant de piocher des cacahouètes, et souri même des interruptions enjouées de sa fille. À la fin, il hocha la tête, amusé. De la narration de Céline, il retenait surtout que leur fille était capable de surmonter sa phobie.

« J'espère qu'elle n'aura pas besoin de s'inscrire à la CGT pour aller mieux », dit-il.

Céline souffla. Elle remercia intérieurement l'application de self-control dont il venait de liquider les actifs. Il l'avait longuement testée auparavant, et il maîtrisait de mieux en mieux son tempérament.

« Et toi, comment s'est passée ta journée ? s'enquit-il. Tu es contente de tes tournages ? »

Peu importait à Céline que la mémoire d'Adrien fût renforcée par une application. L'attention qu'il témoignait était bien réelle.

Il avait toujours pris leur couple au sérieux. Aussi sérieusement que son activité professionnelle. Ce soir encore, elle le trouva très « carré ».

« Tu ne crois pas que les manifestants qui nous pourrissent la vie depuis deux ans devraient aussi avoir une séquence dans ton émission ? demanda Adrien en sortant deux verres du placard. Tu sais combien ils ont coûté à l'économie, avec leurs conneries ?

– Le choix du diffuseur est de montrer les groupes contestataires séparément plutôt que réunis. D'où les deux tournages. Mais je me demande si c'est honnête... »

Bras tendu au-dessus du verre de Céline, Adrien était sur le point de lui verser du vin lorsque le réfrigérateur émit un bip de protestation. Il s'interrompit et consulta l'eMoi de Céline, qui affichait une mine contrite.

« Dis donc, t'y es pas allée de main morte ! Tu es déjà à deux grammes. Je veux bien te servir, mais...

– Non, laisse tomber. L'assurance nous coûte suffisamment cher. »

Adrien leva son verre d'un air désolé.

« Et toi ? fit Céline en s'efforçant d'être aussi impliquée que lui.

– J'ai passé une excellente journée. Avec Simon, on est en train de comparer plusieurs applications de cartographie sociale. Le secteur explose, il faut qu'on soit sur le coup. »

Zoé avait repris ses habitudes dès le dîner. Elle avait essuyé ses couverts, refusé de boire dans le même verre que sa mère, et avait rétabli la distance de sécurité entre elles. Cette versatilité sema un doute désagréable dans l'esprit de Céline.

Elle se coucha contrariée.

« Tu ne crois pas que Zoé essaie de nous punir, avec ses manies de vieille fille ? chuchota-t-elle à Adrien, au lit.

– Nous punir de quoi ? Si elle commence déjà à nous en vouloir, qu'est-ce que ce sera à l'adolescence... »

Il ne voyait pas la relation avec leur fille de façon aussi négative que Céline, prenant pour exemple d'autres couples confrontés au même problème.

Elle ne parvenait pas à trouver le sommeil, ballottée dans un tournis de réminiscences. Le kaléidoscope s'arrêta finalement sur un souvenir. Le frisson qui avait couru le long de ses bras lorsqu'un membre de l'Orchestre national des cheminots, au Canon de la Nation, avait entonné *Le chant des partisans*. Elle comprit soudain la démarche de Pierre. Il ne voulait pas tant réconcilier Zoé avec le contact humain que la réveiller, elle.

Elle ferma les yeux et glissa enfin dans une somnolence ouatée. Une onde parcourut son corps avec la douceur du lac portant la barque. Au niveau de ses côtes, sous les bras, un contact s'était imprimé dans sa chair et la caressait encore, des heures après. Pour quitter le Canon de la Nation, plutôt que de se frayer un passage à travers la grande salle, ils étaient passés par la porte-fenêtre ouverte sur le trottoir. Avec la souplesse d'un chat, Pierre avait sauté la marche. Puis il avait rattrapé Zoé, qui s'était jetée sans réserve dans ses bras. Céline avait commencé à descendre en s'appuyant sur le dos d'une chaise, mais il ne l'avait pas laissée terminer sa manœuvre. Tandis qu'elle se penchait, il l'avait soulevée sans peine, montrant l'aisance d'un déménageur, et l'avait déposée comme un vase fragile, aussi précautionneux qu'un céramiste. Un forgeron, voilà à quoi il lui avait fait penser. Un homme qui dompte le fer par le feu et dont l'esprit dessine les volutes les plus délicates. Un artisan millénaire. Elle porta la main à son front, comme pour dissimuler ses pensées. À côté d'elle, Adrien dormait. Elle lui tourna le dos, remonta le drap, et laissa libre cours à ses fantasmes. Ce soir, elle voulait un homme, grand, musclé, une puissance animale, avec de la sueur et de la salive, un corps exagérément différent du sien, de la poigne et de la fermeté, de la longueur, de la lenteur. De la maladresse, pourquoi pas? De la brutalité, même. De la surprise, en tout cas. Deux corps libres de s'attirer et de se désirer sans artifice et sans recours à la technologie. Deux corps humains collés de moiteur, cherchant la cadence du plaisir en s'aidant du seul souffle de l'autre. La chaleur des mains de Pierre sur son buste. Son sourire. Les mains levées, façon j'ai rien fait. Son regard innocent, mains dans les poches. Sa virilité imposante, déposée à ses pieds en offrande l'instant d'après. Le regard interrogatif, presque étonné de ce qu'il avait déclenché en elle, son invitation à avancer, faire quelques pas en conservant tout frais le souvenir d'une communion charnelle, et son dos de bête puissante tandis qu'il marchait juste devant, avaient laissé en Céline une empreinte dont elle se délecta toute la nuit.

Coucou, Céline !

Nous avons détecté un ensemble d'activités inhabituelles dans votre emploi du temps. Si c'était bien vous, nous vous demandons de prendre deux minutes pour justifier cette anomalie. S'il s'agit d'une usurpation d'identité, vous pouvez faire un signalement ici.

Étiez-vous 84, boulevard Henri-Dunant – 91100 Corbeil-Essonnes, à 10h12 ? Si oui, avez-vous été en présence d'Antonio Pereira ? Si oui, pour quelles raisons ?
Professionnelles
Oui   Non

Étiez-vous 2, rue Paul-Verlaine – 78190 Trappes, à 14h37 ? Si oui, avez-vous été en présence de Leïla Bahsaïn ? Si oui, pour quelles raisons ?
Professionnelles
Oui   Non
Avez-vous assisté au prêche de Larbi Arbaoui ? Si oui, pour quelles raisons ?
Professionnelles
Oui   Non

Étiez-vous 2, place de la Nation – 75012 Paris, à 19 h 02 ? Si oui, pour quelles raisons ?
Professionnelles
Oui   Non

Cette activité n'apparaît pourtant pas dans le cadre de votre activité professionnelle actuelle. L'avez-vous improvisée pour compléter votre enquête dans le cadre du programme « Qui a peur de la démocratie » ?
Oui   Non

Lors de cette activité, avez-vous été en présence de l'une de ces personnes : Jean-Louis Breton, Nadine Berthelot, Nadia Ajaraï, Maëlys Desportes, Jordan Baert, Marie Diallo, Marcel Stern, Thibault Delanoüe, Cécile et Didier Haran, Viktor Vitof ?
Oui   Non   Ne sais pas

Vous avez été en contact avec plusieurs profils non identifiés. Nous vous rappelons qu'il est important pour votre sécurité de ne vous entourer que d'individus au profil vérifié.

Vous avez par ailleurs consulté des sites Internet délivrant des informations non fiables selon les critères du ministère de l'Intérieur, ainsi que des sites financés par des gouvernements étrangers. L'avez-vous fait pour des motifs professionnels ?
Oui   Non

Nous vous rappelons que la consultation sans motif valable de sites n'ayant pas reçu l'approbation du ministère de l'Intérieur peut vous exposer à une réduction de l'espace de stockage de votre cloud.

Avez-vous vécu aujourd'hui quelque chose qui a changé votre point de vue ou votre manière de penser ?

Céline, si vous preniez deux minutes pour nous décrire votre dernier rêve ?

18

Joyeux anniversaire, Zoé

Céline et Adrien avait commandé un kit sur Amazing pour décorer le salon. Une guirlande « Joyeux anniversaire ! » courait le long des moulures, des ballons en forme d'étoile remplissaient les pièces. Ils portaient, ainsi que Zoé, un bracelet en carton doré et un petit chapeau pointu avec une queue-de-cheval au bout. Sur le bar étaient disposés des assiettes pailletées et des gobelets roses. Ils pouvaient difficilement en faire plus pour transformer leur intérieur en Kids club. Il restait pourtant de nombreuses pièces dans la boîte, car ils avaient vu grand. Jusqu'au dernier moment, ils avaient espéré une vraie fête et des invitations en chair et en os. Mais Zoé n'avait jamais cédé. Elle s'était affublée de la robe de magicienne vendue sur le site marchand de <u>Riverland</u>, plumes roses, rayures mauves, devant laquelle Céline déplorait le mauvais goût typique des enfants, et, depuis l'aube, elle circonscrivait le salon par petits sauts, comme elle supposait que se déplaçaient les elfes, ce qui avait amusé ses parents pendant un quart d'heure.

« C'est son anniversaire », s'exclamait-elle en montrant son eMoi sur le frigo.

Sa version numérique portait une couronne de fleurs. Le chiffre 10 scintillait sur son T-shirt.

« C'est quoi, ça? » demandait-elle régulièrement en secouant les paquets posés sur la table basse.

Pour la forme, les parents d'Adrien avaient proposé de faire un saut à Paris. Ils avaient suggéré de les inviter à la Gare de la Muette, ou au Pavillon Dauphine et de se promener dans le bois de Boulogne, ensuite. M. Guy-Müller en était resté au spectacle de Guignol et aux balades à dos de poney de son enfance. Il était persuadé que ces activités fissureraient le carcan hygiéniste de Zoé. Adrien avait dû user de la plus grande diplomatie pour leur faire comprendre, encore une fois, qu'elle refuserait de s'asseoir sur un banc avec d'autres enfants ou de se faire manipuler pour grimper sur un animal. Vexés par tant de mauvaise volonté, les Guy-Müller avaient préféré envoyer un cadeau par Amazing plutôt que de venir réclamer un bisou de remerciement qu'ils n'obtiendraient jamais.

Quant à la mère de Céline, il n'était pas question qu'elle quitte son Ehpad. De toute façon, elle ne se rappelait aucun anniversaire. Céline avait tout de même acheté une petite surprise de sa part. C'était le deuxième paquet, qu'elle proposa à Zoé d'ouvrir en faisant un Facetime avec sa grand-mère.

« Mais je voulais l'ouvrir devant mes copines!

– Tu feras semblant de le découvrir tout à l'heure. Comme ça, on remercie Mamie et on n'en parle plus. »

Zoé rechigna, sans toutefois être opposée à l'idée de se débarrasser de la corvée. Elle déchira l'emballage et extirpa une figurine de licorne en plastique souple.

« Oh, c'est Floops! s'extasia Zoé. Mamie connaît <u>Riverland</u>?

– Il faut croire que oui, dit Céline. Et tu as vu comme elle est facile à nettoyer? Tu pourras l'emporter partout. »

Adrien lança l'appel sur son portable. À l'écran apparut le visage d'une vieille femme hagarde. Zoé se cacha le visage dans les mains. On ne savait laquelle des deux était la plus effrayée.

« Maman ? dit doucement Céline.

– Tu ne m'avais pas dit que tu venais.

– On n'est pas vraiment là, expliqua Adrien. C'est un appel vidéo. »

Il lui avait expliqué une dizaine de fois, depuis qu'il avait créé son compte. Il lui avait également généré un eMoi sur une nouvelle application. Loin d'être parfaite, elle était prometteuse pour atténuer les effets des maladies dégénératives, avait assuré Adrien face aux hésitations de Céline. Elle permettait aux personnes dont le cerveau défaillait de collecter les souvenirs à leur place. Céline avait consenti à numériser les documents de sa mère. Photos, lettres personnelles et papiers administratifs. Rapidement, l'eMoi regorgea de souvenirs, et Céline se surprit un jour à éprouver plus de plaisir à dialoguer avec la version numérique qu'avec sa vraie mère.

« Vous êtes arrivés quand ? » insista celle-ci, sur l'écran.

Zoé gloussa. Adrien lui fit signe de revenir devant la caméra et de montrer son jouet.

« On vient d'arriver, concéda Céline, ignorant les gestes d'Adrien. Zoé voulait te remercier pour ton petit cadeau.

– Merci », murmura Zoé en se cachant derrière Floops.

Puis elle s'éloigna en rampant sur le tapis, estimant avoir accompli son devoir. La mère de Céline se tourna d'un côté et de l'autre, scrutant chaque recoin de la pièce, affolée. Vu l'angle sous lequel elle apparaissait, de profil et en légère contre-plongée, sa tablette devait être installée sur sa table de chevet. La dernière fois, Céline avait pourtant fixé l'appareil au bout de son lit, pour la voir de face.

« Céline ? Tu es là ?... Où est encore passée cette petite idiote ? Céline, sors de ta cachette, ça suffit ! »

Zoé pouffait, mais une œillade de son père la fit taire.

« Maman, regarde-moi, dit Céline en agitant la main. Regarde vers ton écran, là, sur ta droite ! »

Ses paroles augmentaient la confusion de la vieille dame, et Céline finit par abdiquer, pour ne pas trop assombrir ce jour de fête.

« Je viendrai te voir bientôt. Prends soin de toi. On t'embrasse. »

Après avoir raccroché, Céline lutta contre la tristesse qui la gagnait. Leur relation n'avait jamais été harmonieuse, mais elle savait maintenant qu'il n'y aurait jamais d'amélioration. Adolescente, sa mère l'agaçait déjà. Cette veuve qui se détruisait à petit feu sans se résoudre à disparaître, défiant le sort et le sens commun, alors que son père avait été fauché en pleine force de l'âge, cette femme qui avait des trous de mémoire et des moments d'absence, et à qui elle en voulait d'être toujours là, à qui elle était persuadée qu'elle ne ressemblerait jamais. Son rejet avait pris le contre-pied sans perdre en virulence : elle craignait maintenant de subir le même grignotage du cerveau, de s'isoler et de ne plus distinguer les contours de la réalité. Elle lui en voulait de lui montrer ce qu'elle serait un jour.

Adrien attira Céline dans ses bras et l'embrassa sur la tempe.

« Zoé, à quelle heure arrivent tes copains ? demanda-t-il d'une voix guillerette. J'aimerais bien goûter à cette dinguerie, moi. »

Parmi les rares fantasmes maternels qui avaient traversé l'esprit de Céline avant l'arrivée de sa fille, figurait la confection de pâtisseries. N'ayant pas eu l'occasion de le faire avec sa mère, elle s'attendrissait des scènes de films dans lesquelles l'enfant cassait tant bien que mal des œufs dans un gigantesque saladier. Elle n'avait jamais pu cuisiner avec Zoé. Ils avaient commandé le gâteau en ligne, une construction audacieuse de trois étages sur le thème de Riverland, surmontée d'un arc-en-ciel en pâte d'amande.

« Ils sont là, répondit Zoé en se dirigeant vers la cuisine. Je dois juste les faire entrer. »

Ils la suivirent tandis qu'elle grimpait sur un tabouret et posait sa tablette sur le bar, face à elle. Elle appuya sur une touche, à la façon d'une fée actionnant sa baguette magique.

« Salut, les copains !

– Salut, Zoé ! » répondirent-ils l'un après l'autre.

Elle tira l'assiette vers elle pour la placer devant la caméra.

« Tada ! fit-elle. Il est trop beau, non ? »

Une dizaine d'enfants étaient connectés. Chacun apparaissait dans un petit rectangle, avec une part de gâteau et un verre de jus devant lui. Céline et Adrien se placèrent derrière Zoé pour leur faire coucou. D'autres parents étaient présents et échangèrent des salutations discrètes. Les cadres, l'éclairage et les valeurs de plan étaient parfaits pour chaque rectangle. Les enfants avaient manifestement l'habitude de se retrouver ainsi. Céline trouvait dommage de devoir se passer de musique, pour la fluidité de la connexion. Le goûter d'anniversaire avait par conséquent l'allure sinistre d'une réunion commerciale chez Xerox.

« Merci de nous avoir invités à ton anniversaire, Zoé, dit la maman d'une petite fille.

– Merci à vous d'être venus », lui répondit Adrien.

Il sortit un paquet de bougies d'un tiroir et en disposa dix au sommet du gâteau, en rond devant l'arc-en-ciel. Pendant ce temps, Zoé leur présentait ses amis.

« Ça, c'est Billie, vous la connaissez. Ça, c'est Nil, vous le connaissez aussi. Ça, c'est Toni. Anatole. Charlie. Louise… »

À l'énonciation de chaque prénom, l'enfant désigné attendait une seconde et disait « Salut ». Les parents présents agitaient alors la main. Adrien et Céline n'avaient rencontré aucun de ces enfants en vrai, mais, pour la plupart, ils les avaient vus sur l'application de Zoé. Parmi eux, Céline reconnut Amin. Contrairement aux autres, qui fixaient l'écran, lui ne quittait pas des yeux l'objectif de la caméra, donnant ainsi l'illusion d'un véritable échange de regards.

« Bonjour, Amin, salua Céline.

– Bonjour, madame Lambert », répondit-il avec un sourire plein de fossettes.

Zoé se retourna vers sa mère, les joues rose fuchsia, avec un sourire dont la signification ne laissait aucun doute. Il s'agissait de son premier amoureux. Elle alluma les bougies. En même temps, tous les parents allumèrent la bougie qu'ils avaient placée sur la part de gâteau de leur rejeton. Amin alluma sa bougie tout seul avec une allumette.

« Vous êtes prêts ? fit Zoé. Vous avez fait un vœu ?

– Oui !

– 1… 2… 3 ! »

Les enfants soufflèrent leur bougie en chœur.

« J'ai trois cadeaux en vrai, annonça Zoé en attrapant les paquets. Ma mamie m'a offert Floops… »

Ses copains reconnurent le personnage et trouvèrent la figurine trop mignonne. Elle déballa ensuite le cadeau de ses grands-parents paternels : une tête de poupée à coiffer et à maquiller, grandeur nature. Céline toisa Adrien et leva deux doigts accusateurs. Elle trouvait dangereux d'enfermer les enfants dans des clichés.

« Ma mère… se justifia Adrien avec un coup de coude complice.

– Et j'ai eu ça, aussi ! » s'exclama Zoé en dénouant le ruban d'une petite boîte.

Elle en sortit une carte sur laquelle était dessinée une vache.

« Bon pour une journée à la ferme, déchiffra-t-elle.

– À la ferme de Mr. Perkins ? dit un des copains.

– La chance !

– Moi, j'ai pas le droit d'y aller plus d'une heure par semaine ! »

Tout en s'étonnant de l'engouement des enfants pour la ferme de Mr. Perkins, Céline fut frappée par la discipline qu'ils respectaient avec le plus grand naturel, même à l'ouverture des cadeaux, qui aurait dû donner lieu à une hystérie ingérable. Mais, pour ne pas brouiller la réception du son, ces enfants-là prenaient soin de ne pas se chevaucher, et laissaient passer une seconde après chaque intervention avant de prendre la parole à leur tour. Ayant intégré un code de conversation contre nature, que même des adultes peinaient à observer, ils étaient capables de s'extasier ou de se chamailler en marquant une pause entre chaque phrase.

Adrien avait pris le pli, et n'intervint qu'après la césure nécessaire.

« Non, à la ferme du Tilleul, près de Gif-sur-Yvette », corrigea-t-il.

Le nom ne disait rien à personne et Zoé remercia ses parents du bout des lèvres avant de ranger la carte dans sa boîte. Les enfants avalèrent leur gâteau en quelques bouchées, et Amin annonça :

« Nous aussi, on a des surprises pour toi. »

Elle battit des mains en prenant soin de ne pas faire de bruit, consulta ses parents du regard et enfila ses écouteurs sitôt leur consentement obtenu. Tout le monde se déconnecta de la fête d'anniversaire, et elle se plongea dans Riverland. Adrien et Céline se tenaient toujours derrière leur fille, à bonne distance pour ne pas l'oppresser. Ils partageaient la même frustration. Mais les regrets de Céline étaient plus persistants.

« Tu sais, s'il y avait dix gamins dans la pièce, Zoé ne ferait pas plus attention à nous, la rassura Adrien. Ils joueraient au même genre de jeu, avec des pions et des dés. Sauf qu'ils foutraient des miettes partout. »

Elle préleva pour eux deux grosses parts de gâteau, il sortit une bouteille de champagne et ils assistèrent en spectateurs à la déambulation de Zoé dans Riverland. De temps à autre, elle faisait de grands gestes et poussait des cris de souris. Ses amis lui avaient offert une brioche au sucre, un vieux coffre en bois, un tableau à accrocher dans sa chaumière, une chaise à bascule et un grimoire mystérieux. Mais le cadeau virtuel qui lui avait fait le plus plaisir était celui d'Amin. Dans sa cabane en haut d'un arbre, il lui avait demandé de fermer les yeux. Il avait soulevé la couverture qui recouvrait un panier d'osier. Un bébé licorne y dormait, qui ouvrit de grands yeux humides à l'arrivée de la Zoé numérique.

« Comment veux-tu rivaliser ? » commenta Adrien avec un haussement d'épaules.

19

De gauche à droite

Sur la porte du réfrigérateur, les eMois de Céline et d'Adrien tendaient l'oreille. Ils savaient que les amis allaient bientôt sonner. Adrien se dirigea donc vers l'entrée.

Comme chaque fois qu'ils venaient dîner en vrai, Elsa et David s'extasièrent devant l'élégance de l'appartement, sans prendre la peine de dissimuler leur envie.

« Vous avez emprunté au bon moment, faut dire, commenta David. L'argent était presque gratuit, il y a dix ans. Quoi, 0,5 %, 0,7 % ?

– Qui te dit qu'ils ont emprunté ? plaisanta Elsa, le nez levé vers le cadre vide au-dessus de la cheminée. C'est vraiment super original, ça. Chaque fois que je fais une brocante, je suis tentée d'en rapporter un, mais je suis toujours trop chargée. »

Elsa et Céline s'étaient rencontrées pendant les manifestations de 2002, et avaient fait leurs études de journalisme ensemble. Elles avaient défilé en pleurs et en Charlie, en rose et en violet, en arc-en-ciel, en bleu et jaune, ou encore en soutien-gorge. Malgré les emplois du temps chargés et les week-end à la campagne, elles restaient solidaires et vigilantes. Pas une menace aux acquis de leur profession, pas un suffrage de mauvais goût sans qu'elles arborent le macaron *#Jedéfendsnosvaleurs* sur leur photo de profil. Lorsqu'un pays sombrait dans le populisme, elles n'hésitaient pas à afficher un deuil virtuel : le macaron noir remplaçait le dernier portrait en bord de mer.

Elsa avait réalisé son rêve d'enfant et travaillait pour une ONG. Elle voulait sauver les petits Africains au ventre gonflé, les homosexuels musulmans, les femmes battues en Iran, éveiller les consciences, en somme changer le monde, et se retrouvait à superviser le recrutement de bénévoles dans les écoles de commerce. Mais elle pouvait énoncer le nom de son employeur avec fierté et ne s'en privait pas pour rappeler à Céline à quel point celle-ci avait perdu de vue leurs idéaux de jeunesse. Elle aimait également annoncer que David était scénariste, sans préciser que c'était pour Netflix, ce qui les rendait tous deux insoupçonnables de complicité avec le grand capital. Ils habitaient un petit trois-pièces au pied de la Butte, pour lequel ils s'étaient endettés sur trente ans. Une perle. Malgré la soupente, ils pouvaient se tenir debout presque partout.

Adrien hésita longtemps devant sa cave de service, faisant défiler mentalement le menu de la soirée, avant d'en extraire une bouteille de pinot gris clos-saint-urbain. Elle lui avait été livrée dans la box Alsace, des vins sensass, accompagnée de suggestions d'accords et de biscuits apéritifs à la farine de blé ancien. Céline avait fait appel aux talents d'un chef vu à la télé pour leur concocter un repas végétarien haut de gamme. Il n'y avait plus qu'à réchauffer les plats.

« Il a pris un peu de bide, non ? fit David devant l'eMoi d'Adrien, sur le réfrigérateur.

– Oui, il a un penchant pour les cacahouètes, confirma Adrien en aérant le vin dans la carafe. Mais il surveille son cholestérol, ne t'en fais pas. »

Il avait oublié de désactiver l'affichage et espérait qu'il ne viendrait pas à l'esprit des invités de s'amuser avec les touches.

« Et il enregistre toujours ses performances sexuelles ? Enfin, les tiennes ? On sait plus trop, au bout du compte… »

Céline remercia David, joignant ses mains en namasté. Elle protestait par jeu, car en réalité elle s'était habituée à s'en remettre aux notifications de leurs appareils pour optimiser leurs rapports et à voir Adrien naviguer sur son application après leurs ébats.

« Il est infernal, avec ça, confirma-t-elle avant d'ajouter : Mais j'avoue que… »

Elle baissa les yeux avec une fausse pudeur.

« Que quoi ?

– Eh bien, à force de se gaver d'informations sur nous, de croiser des données auxquelles on ne penserait pas, d'étudier nos goûts… nos eMois sont désormais de très bon conseil.

– Ah ouais… fit David, admiratif.

– Zoé dort déjà ? » s'enquit Elsa, que les gadgets de ses amis laissaient de marbre.

Céline était ravie de changer de sujet avant l'arrivée de Pierre. Lui révéler leurs pratiques numériques la gênaient autant que d'évoquer leurs pratiques sexuelles.

« Non, répondit-elle. Quand la rivière apparaît sous ses pieds, c'est qu'elle est en ligne avec ses copains. Ça peut durer des heures. Il va me falloir négocier dur pour qu'elle vienne vous dire bonjour.

– Heureusement qu'on l'a pas payée cher, cette gamine », lança Adrien.

David éclata de rire.

« Adrien, franchement… fit Elsa en roulant les yeux.

– Ça va, on peut blaguer un peu. Cela dit, en passant la commande, on a quand même bénéficié d'un prêt à taux zéro. Et du Black Friday.

– BioTexCom fait des soldes ? Comme chez Darty ? Avec liquidation des stocks de sperme et des embryons congelés ?

– Ouais.

171

– Eh bien, tant mieux pour vous. Au final, ça change rien. Moi qui avais des doutes quant à votre choix, je trouve formidable qu'il permette une telle égalité parentale. Céline n'a pas à porter plus de responsabilités au motif qu'elle aurait vécu avec l'enfant pendant neuf mois. C'est clivant, la grossesse. Maintenant que les femmes peuvent se passer de leur corps pour procréer, on aurait tort de se priver.

– Du coup, ça veut dire que la société peut se passer des femmes pour enfanter, non ? » interrogea David avec candeur.

Elsa scruta le visage de son compagnon, ne sachant si la question relevait d'une lapalissade ou d'un problème anthropologique. Adrien lui vint en aide.

« Tant qu'on n'aura pas mis au point les incubateurs, il y aura toujours des femmes pauvres prêtes à louer leur ventre, comme il y aura toujours des hommes pauvres prêts à louer leurs bras. Tout le monde aura toujours un moyen de subsistance. »

Elsa acquiesça. Avec réserve, cependant. Elle se demandait comment elle pouvait se retrouver dans le même camp qu'Adrien, puisqu'il était de droite.

« En tout cas, j'ai l'impression que Zoé est aussi casse-pieds avec sa mère qu'avec son père, plaisanta David. C'est ça, l'égalité parentale. »

Céline sélectionna le programme musical « Elsa et David » sur son téléphone. La playlist démarra avec « Zombie », des Cranberries. Les invités emportèrent leur verre de vin au salon et prirent place dans les fauteuils. On sonna à la porte.

« J'y vais », fit Adrien.

Céline s'était également dirigée vers l'entrée et ils se retrouvèrent tous deux devant la porte. Elsa et David se levèrent poliment, leur verre à la main.

« Salut, Pierre ! s'exclama Adrien en ouvrant. Je suis ravi de te rencontrer enfin. Entre donc ! »

Il lui serra la main et, dans un élan de cordialité dont il était coutumier, lui donna l'accolade. Céline s'avança trop vite derrière Adrien qu'elle heurta, fit un pas de côté en même temps que lui et lui écrasa le pied avant de se trouver face à Pierre, auquel elle fit la bise en s'appuyant sur son épaule pour retrouver son équilibre.

« C'est sympa d'avoir quitté tes poules d'eau pour nous rejoindre, lança-t-elle d'une traite.

– Surtout avec tous ces bouchons, dit Adrien. Les cortèges bloquent la moitié des rues.

– Ça ne me dérange pas, je suis venu à pied. »

Céline ne put s'empêcher de comparer les deux hommes, aux morphologies si différentes. Un basketteur face à un joueur de billard. Jean, T-shirt, Converse pour l'un ; chino, chemise, espadrilles pour l'autre. Les larges épaules de Pierre et la souplesse de sa gestuelle contrastaient avec la musculature enrobée d'Adrien, qui trahissait un entraînement moins régulier que ses boulottages. Céline se demanda si Adrien se sentait concurrencé. Un patrimoine transmis et augmenté depuis quatre générations valait sans doute toutes les tailles XL du monde. Mais il ne pouvait effacer complètement le fantasme d'incarner le cow-boy Marlboro. Il envisageait régulièrement de passer son permis moto et de suivre un stage de survie en Guyane avec d'anciens légionnaires.

Pierre leur avait justement apporté *Walden*, de Thoreau. Par politesse, Adrien s'absorba dans la quatrième de couverture.

« Arrête de faire semblant et rends-le à ta femme, le taquina David. Comme si tu lisais encore des humains, toi.

– Ça m'arrive, figure-toi. À titre d'étude.

– Tu pourras étudier ça aussi », ajouta Pierre en lui tendant une bouteille de rhum.

Les lattes de parquet vibrèrent sous les pas éléphantesques de Zoé, qui déboula parmi les adultes. La continuité de sa progression aurait dû la propulser dans les bras de Pierre, mais, de peur d'être obligée de saluer les autres de la même façon, elle s'arrêta à quelques centimètres de lui et fit un grand geste pour tout le monde avec un bonsoir timide, sa tablette dans une main.

« Hey, Pierre ! Tu viendras jouer à Riverland avec moi, à un moment ? Je pourrais te présenter mes copains.

– C'est sympa, Zoé, mais je vais rester avec mes copains à moi, puisqu'ils m'ont invité en vrai. Tiens, je t'ai apporté une petite surprise. »

Il sortit une pochette en soie de sa poche, Zoé cala la tablette sous son aisselle et avança ses paumes ouvertes. Il n'échappa à personne que la fillette n'eut pas le mouvement de recul attendu lorsque leurs doigts s'effleurèrent.

« Faudra que tu me donnes quelques tuyaux, dit Adrien, bon joueur.

– C'est quoi ? coassa Zoé en jetant un œil dans le sachet.

– Des graines.

– Comme dans Riverland ?

– Mais celles-ci n'ont pas besoin d'électricité, de réseau ni d'espace de stockage, expliqua Pierre. À la place, il faut de la terre, de l'eau et de la lumière. »

Elle le dévisagea d'un air paniqué.

« Où est-ce que je vais trouver tout ça ? »

Les adultes s'amusèrent de son affolement. La tablette de Zoé émit une notification à la sonorité grave.

« Il faut que j'y aille, mes copains m'attendent pour passer le pont du dragon. »

Elle regagna sa chambre en courant.

« Voilà, dit Céline aux invités. Au moins, vous l'avez aperçue. »

Ils regagnèrent le salon. Céline était un peu tendue, et la méfiance habituelle d'Elsa à l'encontre des gens qu'elle ne connaissait pas n'arrangeait rien.

C'est Adrien qui avait suggéré de convier Pierre.

« Ils devraient bien s'entendre, tous, avec leurs idées d'ados attardés », avait-il plaisanté.

Céline n'en était pas si persuadée et redoutait que la soirée ne peine à trouver son rythme. Mais Adrien insistait depuis un moment pour rencontrer son ami d'enfance, et elle finit par admettre que l'occasion d'un dîner entre amis était plus naturelle qu'un rendez-vous à trois.

« Ce sont des graines de quoi ? demanda Elsa.

— Aucune idée, répondit Pierre avec un grand sourire. Et celles-ci ? »

Elsa portait un collier de graines lisses et bombées, semblables à des bonbons en chocolat.

« On m'a dit que c'était des noix de kukui, répondit-elle en déclenchant un fou rire chez son compagnon. Ah, c'est malin. J'aime beaucoup ce collier, il a été confectionné par des détenues, en République dominicaine.

— Même en matière d'artisanat pénitentiaire, on a délocalisé ? ironisa Adrien. C'est un business plan intéressant, pourtant.

— Il y a un blocage, en France, au sujet du travail des détenus, dit Elsa avec amertume. Et ce n'est pas un projet d'émancipation de la femme qui va faire bouger les lignes.

— Tout est à faire, dans ce pays, mais on préfère recourir aux étrangers plutôt que de demander quoi que ce soit à nos prisonniers. Ça ferait un tollé auprès des syndicats.

— Quels syndicats ? Les cultivateurs de noix de kukui ? gloussa David.

— Oui, c'est dommage, adhéra Elsa. Après avoir touché un bas salaire en prison, les femmes pourraient rejoindre le marché en créant leur micro-entreprise. »

Céline s'étonna à son tour de leur accord. Elle était sur le point de hocher la tête quand Pierre intervint :

« Peut-être qu'on peut se passer des bas salaires, de la prison, du marché et des micro-entreprises. »

Il y eut comme un froid.

« Ah oui, quand même, rebondit finalement David. Tu ne serais pas un peu amish ? »

Céline s'attendait à ce que Pierre teste les connaissances de David sur cette communauté, mais il n'en fit rien et se contenta de sourire. Le four sonna à point nommé. Adrien se leva pour l'éteindre et proposa aux invités de s'asseoir autour du bar.

« Alors, tu as marché combien de kilomètres, pour venir ? demanda David à Pierre.

– Une dizaine. Mais j'étais dans Paris, cet après-midi.

– Tu fréquentes encore de vrais magasins ? Nous, on a arrêté depuis les manifs, ça devenait trop tendu.

– Il n'y a plus de magasins. Quand je rentre dans Paris, c'est pour manifester, justement.

– Tu as raison de faire front. Il faut rester vigilant, on ne sait jamais qui peut prendre le pouvoir, un jour. »

Pierre fronça les sourcils, ravivant la vigilance de Céline.

« Personne ne prend le pouvoir, dit-il. C'est le pouvoir qui prend. »

On ne savait pas vraiment ce qu'il voulait dire par là, il était donc difficile de réagir. Il ajouta alors, comme pour s'excuser :

« Comme dans la chanson de Renaud. *C'est pas l'homme qui prend la mer…* »

David s'esclaffa.

« Très juste, dit Adrien, avant d'ajouter, dans un anglais scolaire : *As long we can get it we ain't got to say why…* Quand on veut un truc, pas besoin de se justifier. On y va et on le prend.

– Jacques Attali ? suggéra Pierre, pas certain d'être sur la même longueur d'onde qu'Adrien.

– Non, Mos Def. Tu ne connais pas ? »

Pendant que Pierre citait poliment quelques titres du rappeur, Elsa cherchait à se rappeler quelque chose.

« Mais aujourd'hui il y avait des gens d'extrême droite dans les cortèges, non ? demanda-t-elle à Pierre avec inquiétude.

– Je n'en sais rien, et puis tout le monde a le droit de descendre dans la rue.

– Et tu n'as pas eu de problèmes ?

– Quel genre de problèmes ?

– Eh bien… Des problèmes de racisme, évidemment.

– Pourquoi j'aurais des problèmes de racisme ? »

Elsa écarquilla les yeux et, voyant qu'il était sérieux, finit par répondre.

« Rapport à… enfin… tout le monde sait que ces gens-là ne fréquentent pas les *Blacks*. »

Pierre embrassa la tablée du regard, un sourire en coin. Elsa se vexa.

« Non, mais ça n'a rien à voir ! s'insurgea-t-elle. On est les premiers à se battre contre le racisme et à vous défendre, nous.

– À nous défendre ? On dirait que tu parles d'une espèce de marmottes en voie d'extinction. »

Céline ne se montra pas solidaire de son amie. Elle doutait, désormais. Elle repensa à leur soirée à La Mamounia. C'est elle qui s'était alors sentie comme une marmotte vulnérable.

Elsa, dont la devise était « Avoir raison ou mourir », allait répliquer quand Adrien lança d'un ton plus léger :

« Vous manifestez toujours avec vos T-shirts antifa ? »

Elsa ne se départit pas de sa gravité.

« On a arrêté. On comprend le mécontentement, mais à un moment il faut un peu d'ordre. Autrement ce sera le chaos, bientôt.

– C'est déjà le chaos.

– Non, tu ne peux pas dire ça, Pierre, intervint Céline. Le chaos, c'est la guerre à l'est, la répression au Moyen-Orient, les noyades de migrants. C'est ça, le chaos.

– C'est ce que je dis. »

Elle n'eut pas envie de le relancer et mastiqua sa feuille de salade avec ressentiment.

« Vous arrivez quand même à trouver un terrain d'entente, sur Noi ? » s'amusa David.

Pour détendre Céline, il avait prononcé « noix », comme ils l'entendaient dire par les beaufs qui évitaient cette chaîne-là et regardaient les films en VF.

« Le terrain est tout entier à Céline, répondit Pierre. Elle a eu la gentillesse de me proposer cette mission. Elle écrit, elle tourne. J'assemble. Elle supervise.

– Tu suggères lourdement, aussi, reprocha-t-elle.

– Ah, si tu suggères lourdement, Pierre, rien ne va plus, fit gravement Adrien. Tu as dû remarquer que la patronne était un brin têtue. Si deux chemins se présentent à elle, elle va partir bille en tête sur le mauvais. Mais malheur à toi si tu le lui signales. Il faut l'orienter sournoisement, en lui faisant si bien accepter tes arguments qu'elle les considérera comme les siens. Pas vrai ? »

Il se pencha vers Céline et lui caressa l'avant-bras. Elle s'adoucit.

« D'accord, dit Pierre gaiement. Orienter sournoisement au lieu de suggérer lourdement. Je note. »

Il voulut ensuite en savoir plus sur le métier de David, qui s'épancha sur la piètre qualité des séries sur lesquelles il travaillait, le nombre de *likes* décidant seul de la reconduction des contrats. Elsa exposa les contradictions éthiques de ses patrons, empêtrés dans un scandale financier au Cambodge. Céline régala l'assemblée en imitant sa belle-mère. Adrien était le premier fan. Le repas fut apprécié, le dégel avait malgré tout eu lieu, en partie grâce à l'alcool, et l'entente s'était formée.

« Café ? Tisane ? proposa Céline après la tarte aux fraises.

– Rhum ! » hurla David, déjà bien réchauffé par le vin.

On migra au salon. Avant de venir s'asseoir, Adrien attrapa sa tablette.

« Alors, alors… fit-il d'un air de mystère. Qui veut devenir éternel ?

– Ouh là, sers-moi d'abord un petit coup, dit David. Déjà que je me demande ce que les tortues des Galápagos peuvent bien trouver à se dire au bout de deux cents ans…

– Être éternel dans un monde aux ressources limitées n'a pas grand intérêt, répondit Elsa, qui restait concentrée.

– C'est exactement ce que je voulais t'entendre dire. Être éternel, surtout quand on est mégalo – et on l'est tous un peu – n'a de sens que dans un univers où tout est possible. Pas de limites, pas de scrupules.

– Moi, je voudrais devenir une star du porno.

– Tu peux pas être sérieux deux minutes ? tança Elsa en administrant une tape sur la cuisse de David.

– L'éternité, alors que beaucoup ne savent pas à quoi employer leur vie ? réagit Pierre. Sont incapables de tirer profit d'une journée, et même d'une heure ? »

Interprétant de travers, Adrien répondit :

« C'est vrai que tout dépend de la vie que tu as. Et où tu préfères investir : ici ou là-bas… En tout cas, on est tous d'accord pour affirmer que vieillir est un naufrage, non ? Je ne sais plus qui disait ça, mais il avait raison. Personne ne veut baver sur sa chemise de nuit après avoir avalé sa ragougnasse du soir en quatrième vitesse. Personne ne veut baigner dans son caca et confondre l'aide-soignante avec sa propre fille. Plutôt mourir, non ?

– Hmm.

– C'est pourquoi ce modèle est sur le point d'être aboli. Grâce à ça. »

Il posa la tablette sur les genoux de David, qui s'esclaffa.

« Tu nous fais le coup chaque fois ! »

Adrien hocha la tête avec autorité.

« OK, j'ai pas le choix, fit David en la saisissant. C'est le progrès ou la mort. »

Adrien acquiesça, facétieux.

« Justement, je te propose d'assister à ta propre mort. »

Le visage de Pierre se ferma. Céline se pencha en avant, sourcils froncés, la main tendue vers lui pour le retenir d'aller plus loin.

« Adrien, c'est plombant, lui souffla-t-elle. Et quel intérêt ?

— L'intérêt est de se renforcer, clama-t-il. N'est-ce pas le plus grand challenge auquel on soit confronté ? Accepter de vivre comme si de rien n'était alors qu'on est programmés pour mourir, parfois dans d'atroces souffrances, c'est de la folie. En même temps, c'est ce qui fait le sel de la vie. C'est pourquoi, si on parvient à supprimer la mort, il faudrait conserver tout de même le rite d'initiation. Avec le logiciel que mon associé vient de trouver, on peut assister à sa propre mort. En spectateur, depuis chez soi, et avec ses proches, sans douleur et sans deuil. Mais, croyez-moi, ça remue quand même pas mal.

— Tu l'as fait ? » lui demanda Céline avec inquiétude.

Il acquiesça. Pierre ne le quittait pas des yeux, et Céline aurait juré qu'il éprouvait à cet instant une immense compassion pour Adrien.

« Très peu pour moi, affirma David. Moi, je ne veux voir que des trucs rigolos. Ou des femmes à poil. »

Elsa lui tapa le genou pour la forme, reconnaissante qu'il soit capable d'égayer même cette situation. Adrien céda, confiant en sa démonstration.

« Décris-nous le paysage de tes rêves, suggéra-t-il. Ce que tu veux.

— Tu prends des risques, là », plaisanta Elsa.

David plissa les yeux en signe de défi.

« Les premières vacances que j'ai passées sans mes parents. »

Dans la seconde, il lâcha un « putain » qui venait du cœur. La grande plage de Biarritz était apparue sur l'écran. Sa sœur et la copine de celle-ci lui faisaient signe de le rejoindre dans l'eau, le sourire radieux de leurs quinze ans illuminant leurs traits. David déplaça la tablette, qui balaya le quai tel qu'il existait dans les années quatre-vingt-dix. À ses pieds traînaient sa serviette de bain, son baladeur et son sac à dos Eastpak.

« Et qui va surveiller mes affaires ?

– T'inquiète, il n'y a pas de voleurs, ici, répondit une version adolescente d'Adrien. On va piquer une tête ? »

David fronça les sourcils. Il peinait à dissimuler son émoi.

« Pas mal, commenta-t-il. Mais tu n'as rien à faire dans mes souvenirs. Tu me ressers un verre ? »

À l'écran, Adrien versa du rhum à David.

« En vrai, je veux dire. »

Content de lui, Adrien saisit la bouteille et expliqua :

« Les données affluent quasiment en temps réel. Là, c'est juste pour rigoler. Mais imaginez le carton que ça fera dans les Ehpad. Les développeurs se penchent autant sur les attentes des personnes âgées que sur celles des annonceurs. Les deux marchés se combinent. Les vieux paieront en fonction du décor dans lequel ils souhaitent évoluer, chaque jour, et en fonction de la fréquence à laquelle ils veulent voir leurs proches. Les annonceurs paieront pour être visibles et proposer des objets et des services virtuels.

– Il y aura un moyen de les faire raquer pour la SPA et les orphelins du Vietnam, comme dans la vraie vie ?

– Bien sûr, si la SPA et l'Unicef veulent se positionner.

– Ce que je retiens, c'est qu'il n'est pas question de gommer les inégalités, critiqua Elsa. Qu'arrivera-t-il aux gens qui n'ont pas les moyens ?

– Ils ne seront pas si nombreux : les gens travailleront dans cette perspective. Ils n'économiseront plus pour leur résidence secondaire, pour leur voiture ou leur maison de retraite. De toute façon, le monde réel est foutu. Dans moins de cent ans, ce ne sera plus qu'un terrain vague radioactif tout pelé qu'on regardera depuis l'espace. L'objectif est de sécuriser son avenir virtuel et d'entretenir son organisme jusqu'à dissolution totale dans le nouveau monde. Administration, santé, banque. Souvenirs, sentiments, rêves. Toutes les données qui constituent l'identité y sont versées, jour après jour. Jusqu'à ce que les individus soient numérisés. »

Des questions d'ordres différents planaient au-dessus de leurs têtes, que personne n'osait formuler.

« Et l'âme ? demanda Pierre.

– L'âme, forcément, ça coûte beaucoup plus cher », fit David en prenant la voix d'Adrien.

Celui-ci salua l'imitation avant de répondre :

« Si tant est qu'elle existe, on trouvera un moyen de la numériser. Des centaines de laboratoires y travaillent. Question de temps. »

Un silence s'installa, prélude au départ. Mais Pierre lança à brûle-pourpoint :

« Comment va Zoé ? »

Alors que la question n'avait rien d'indécent, alors même qu'elle avait toute sa place dans une soirée entre amis, qu'elle était formulée sans arrière-pensées, elle donna lieu à un étonnant malaise. Il était impossible de ne pas la relier à la discussion précédente. Impossible de ne pas l'entendre comme un reproche. Vexée, Céline jeta à Pierre un regard froid, qu'il soutint sans ciller.

« Zoé va très bien, Pierre, dit doucement Adrien. On n'est pas des parents parfaits, mais on fait ce qu'on peut. C'est difficile d'élever un enfant, aujourd'hui. »

Il avait eu la meilleure réponse, pensa Céline, humble et sans fard. Oui, c'était difficile d'élever un enfant entre deux mondes. Pierre pourrait revenir les juger quand il en ferait l'expérience à son tour.

« Je vous demande ça parce que sa représentation, là-bas sur le frigo, est en train de pleurer. »

Céline avala sa gorgée de rhum de travers et se leva précipitamment.

« La pauvre petiote, elle a dû faire un cauchemar, dit David en s'extirpant du fauteuil, ventre en avant. Allez vite lui faire un câlin, on va vous laisser. »

Elsa fit les gros yeux à David, qui avait oublié les troubles comportementaux de la fillette.

Les amis prirent congé. Au moment de dire au revoir à Pierre, Céline détourna les yeux et se laissa passivement embrasser. Il lui laissait le goût humiliant d'une perquisition. Pire, d'un cambriolage. Mais il n'avait rien dérobé. Il avait tout laissé bien en place.

Ils trouvèrent Zoé dans son lit, les joues humides.

« Qu'est-ce qu'il t'arrive, ma puce ? »

Reprenant son souffle après quelques sanglots, la petite parvint à hoqueter :

« Amin a trouvé une autre meilleure copine. Il m'a traitée de menteuse et il ne veut plus me voir. »

Bonjour, Adrien !

La technologie évolue, et ses financements aussi. Prenez quelques minutes pour vous documenter sur la prise de participation de DangoTech dans le conglomérat SpaceTime.

Vous trouverez ici un article sur M. Dangote, figure incontournable de divers secteurs en expansion, et première fortune d'Afrique. Vous disposez de plusieurs angles pour vous présenter à ses associés.

Ne perdez pas une occasion de placer à long terme et de diversifier vos avoirs. Si vous voulez consolider vos investissements, nos conseillers sont à votre disposition.

Les tensions montent dans la société et les guerres se poursuivent dans différentes zones. Le désert croît. Faites-en de même. Chaque bouleversement offre la possibilité de multiplier sa mise. Ce n'est pas moi qui le dis, c'est Balzac : « Il avait tout loisir de se lever à midi parce qu'il ne s'était pas couché comme les autres avec la crise. » (Vous pouvez lire un résumé de la biographie de Rastignac ici, rédigé par votre serviteur.)

Quand avez-vous pleuré pour la dernière fois ?

20

Zoé masquée

Zoé était d'humeur sombre. Elle était un peu jeune pour un si douloureux chagrin d'amour, se dit Céline. Ou plutôt, renversa-t-elle, ce chagrin d'amour était bien douloureux pour une si jeune personne. Elle avait déjà des réactions d'adolescente, répliques vives et roulements d'yeux à chaque parole de ses parents. De sa mère en particulier, qu'elle observait à la dérobée avec sévérité. Elle se plantait parfois devant le réfrigérateur avec une rigidité de procureur et prenait son père à témoin, index tendu.

« Céline est soucieuse. »

Un jour, furieuse que Céline lui ait attrapé le poignet sans s'être auparavant lavé les mains, elle exhuma un vieux souvenir.

« Tu veux me filer tous tes microbes, alors qu'avant c'est moi que tu traitais comme un microbe. Tu refusais que je te touche et maintenant tu fais comme si de rien n'était ! »

Céline assistait à cette rage enfantine, impuissante et légèrement intimidée.

« C'était pour te protéger, ma chérie. C'était une drôle d'époque, mais elle est loin derrière nous. »

La fillette recula. Sur sa tablette, elle fit défiler des images à un rythme effréné. Elle trouva celle qu'elle cherchait, tapota vivement l'appareil et la colla sous le nez de sa mère.

« Pour me protéger, ça ? Ou pour vous protéger ? C'est vous qui aviez peur de mourir ! »

La photo datait de quelques années et semblait avoir été prise par l'écran de télévision. Elle montrait Céline et Adrien, blottis l'un contre l'autre au fond du canapé. À l'autre bout, calée dans le creux de l'accoudoir, Zoé était assise sur une couverture plastifiée, un masque lui enserrant le bas du visage. Elle avait environ trois ans. Des larmes de rage montèrent aux yeux de l'enfant. La gorge de Céline se serra.

« Où as-tu trouvé cette photo ?

– C'est Amin qui me l'a envoyée.

– Comment ça ? »

Céline s'efforça de chasser de son esprit l'idée que l'ami de sa fille était manipulé par un réseau terroriste et qu'il avait piraté leurs ordinateurs. Zoé, pour qui la question ne présentait aucun intérêt, n'avait pas l'intention de laisser sa mère orienter la discussion.

« Je lui ai dit que j'avais jamais été malade, parce que je faisais attention tout le temps. Il m'a traitée de menteuse. Il m'a dit que c'était l'inverse, que je faisais attention tout le temps justement parce que j'avais été malade. »

L'inversion soulevée par Zoé la perturba. Elle lui rappela le tic conversationnel de Pierre. Zoé ne se calmait pas.

« Il a dit que vous aviez peur que je vous tue et que je tue Papi et Mamie. Que vous m'avez traitée de bombe virologique. Je ne sais même pas ce que c'est ! »

Zoé n'était qu'une longue plainte déchirante, reprenant son souffle et reniflant uniquement pour expulser de nouvelles lamentations.

« Je ne suis pas une menteuse, j'ai juste oublié ! »

Céline aussi avait oublié. Cette période pendant laquelle elle avait refusé de voir sa mère, puis uniquement déguisée en liquidateur de Tchernobyl, et seulement lorsque le lecteur à l'entrée de la chambre validait son code, pendant laquelle elle avait tenu le monde entier à deux mètres de distance, avait inculqué à sa fille les attitudes qui sauvent des vies, elle l'avait complètement occultée. Elle appartenait au temps révolu où il fallait bien.

« Je veux voir Amin ! Je ne suis pas une menteuse ! »

La crise dura toute la soirée. Adrien n'obtint pas plus de succès en voulant la consoler. Céline chercha en vain à joindre l'ami de Zoé, mais il restait hors ligne. Elle ne put mettre la main sur ses coordonnées.

Le lendemain soir, au moment du dîner, Zoé apparut rassérénée. Ils reprirent leur souffle, comme se rendant compte après le passage d'un cyclone que le toit de la maison tenait toujours, un peu sonnés qu'une telle tourmente pût si vite laisser place au calme. Ils accordèrent à Zoé la liberté de composer le menu de leur repas sur l'application de livraison. Une fois que ce fut fait, elle croisa les bras et pointa le menton vers le réfrigérateur.

« Papa, tu n'as rien remarqué ?

– Si, j'ai vu que tu avais retrouvé le sourire, et ça me rend heureux.

– Pas chez elle, chez Céline.

– Non, rien de spécial. Qu'est-ce que je devrais voir ?

– Elle est amoureuse. »

Le premier réflexe d'Adrien, voyant que sa compagne rougissait et fuyait le regard de Zoé, fut de clore le dossier avec celle-ci.

« Bien sûr qu'elle est amoureuse, ma puce ! Comment ne le serait-elle pas ? Elle vit avec l'homme le plus cool du monde. Tu crois qu'elle pourrait trouver mieux ?

– Non.

– N'est-ce pas ! Et tu sais quoi ? Ce qui est formidable, c'est que moi aussi, je suis amoureux d'elle. Parce qu'elle est la femme la plus intelligente et la plus gentille que j'ai rencontrée. Et la plus belle. Et en plus, la plus drôle. Tu te rends compte de la chance que j'ai ? Alors si tu fais allusion à ses regards absents, à ses réponses évasives, à sa façon de se ronger les ongles, ces derniers temps, sache que j'avais remarqué. Mais il ne faut pas t'inquiéter. Elle a beaucoup de tracas, ces temps-ci, avec son travail. Et elle est perturbée par ses retrouvailles avec son ami Pierre, qui la font réfléchir à plein de choses. À ses choix et à son mode de vie. C'est difficile, tu sais, quand une personne qu'on apprécie n'approuve pas ce qu'on fait ou ce qu'on est. Tu es assez grande pour que je te dise ça, Zoé, car tu l'as expérimenté avec Amin. Si un ami n'accepte pas ce qu'on est, ce n'est pas vraiment un ami. Peut-être qu'il faut alors faire une mise à jour de sa relation. Tu ne crois pas ? »

Il avait réussi à décrisper Céline et à saboter la manigance de Zoé, désormais plongée dans des abîmes de réflexion.

« Sauf que… Amin s'est excusé. Il sait que je ne me rappelais pas que j'avais été malade. Il paraît qu'on ne peut pas toujours faire confiance à sa mémoire biologique et qu'on peut s'aider avec des applications.

– Je crois qu'il vaudrait quand même mieux que tu arrêtes de le voir un moment. À ton âge, un ami ne doit pas avoir autant d'impact sur tes sentiments. Fais une pause, dis-lui que tu le rappelleras au début des vacances. »

Zoé pencha la tête, pas convaincue, mais désireuse de plaire à son père.

« Ou alors, intervint Céline, propose-lui de venir jouer avec toi un après-midi. Et vous vous expliquerez en chair et en os. »

Elle voyait là l'occasion de brusquer un peu sa fille. Si Amin n'était pas de nature à la guérir de sa phobie du contact, aucun de ses amis ne le serait, et elle se couperait de plus en plus du monde.

« Non, je ne veux pas qu'il vienne ici, répondit Zoé en cherchant l'appui de son père.

– Comme tu veux, fit Adrien en esquivant le regard de Céline. Prends juste un peu de distance, ma puce. »

Une fois tous les deux, ils n'évoquèrent pas les allusions de Zoé, et rien dans l'attitude d'Adrien ne laissait penser qu'il était préoccupé. Céline n'était pas amoureuse de Pierre, de toute façon. Absolument pas.

Pourtant, en sa présence, elle avait le trac. Et quand ils n'étaient pas ensemble, elle ne pensait qu'à lui.

21

Au Monténégro

En fin d'après-midi, Céline se connecta avec la chambre de sa mère et la trouva dans des dispositions exceptionnellement joyeuses. Les rides de la vieille dame se retroussaient autour de son sourire et à la périphérie de son front, ses sourcils étirant un regard émerveillé. Elle était pleinement là, le dos droit et le cerveau en place, concentrée sur l'écran, et on aurait dit qu'elle revenait à la vie après avoir été enfermée dans une grotte. Stupéfaite, Céline eut les larmes aux yeux face à ce visage qui lui avait tant manqué.

« Salut, Maman. »

Comme il était bon de prononcer ce nom en sachant qu'il était compris.

« Salut, ma chérie. Comment vas-tu ? Comment était cette fête d'anniversaire, alors ? Est-ce que Zoé a apprécié son petit cadeau ? »

Elle n'avait plus emmagasiné autant d'informations depuis des années. Céline était si émue qu'elle dut parler avec mille précautions, pour ne pas que sa voix déraille.

« J'aurais aimé le choisir moi-même et le lui remettre. J'aimerais la voir, un de ces jours. J'aimerais la toucher. Tu crois que ce serait possible ?

– On pourra essayer, Maman. Mais elle…

– Elle ne demande que ça. »

En parlant, sa mère s'était avancée vers l'écran, la voix déterminée.

« On ne peut pas vivre sans se toucher. Aucun animal ne fait ça. Autrement, autant mourir. »

Céline se rendit compte qu'elle n'avait pas non plus senti la peau de sa mère contre la sienne depuis des années. Lors de ses visites, elle se conformait aux instructions du personnel, qui évoluait d'une chambre à l'autre en prenant mille précautions. Elle hocha la tête avec véhémence, se passa la main dans les cheveux et se redressa sur son tabouret, comptant sur la diversion du mouvement pour se composer une mine décontractée. Ce n'est pas sa mère qui lui faisait de la peine, mais elle-même. Elle-même en train de passer à côté de l'enfance de sa fille et du grand âge de sa mère. Toute seule au milieu du fleuve, sans personne à qui tendre la main pour rejoindre la rive, ni d'un côté ni de l'autre. Elle regarda l'heure et hésita une seconde.

« On pourrait venir maintenant ? » murmura-t-elle.

Elle regretta aussitôt sa proposition. Le temps qu'elles arrivent à son chevet, sa mère pourrait avoir perdu pied et ne pas les reconnaître. Et alors, la joie de cet instant s'évanouirait. Et puis il était tard. Ainsi la réaction de sa mère la soulagea-t-elle.

« C'est gentil, ma chérie. Ne t'embête pas et laisse la petite tranquille pour aujourd'hui… J'ai de la visite. »

Elle délirait. C'était trop beau. Céline s'en voulut d'avoir cru à une reconnexion possible. Il n'y avait plus d'échanges, rien que des mirages.

« Il n'y a personne, dans ta chambre », murmura-t-elle.

Elle allait lui envoyer un baiser quand elle vit la porte de la chambre s'ouvrir. Pierre apparut, des gobelets fumants à la main, et vint s'asseoir près du lit, face à l'écran.

« Qu'est-ce qu'il fait là ?

— Pierre est allé me chercher un vrai café au bistrot d'en face. Je ne supporte plus le jus de chaussette qu'on nous sert ici. »

Céline se figea aussi parfaitement que sous l'effet d'un bug. Elle était jalouse, sans savoir de qui, comme si ces deux-là avaient comploté contre elle.

« Salut, Céline.

— Qu'est-ce que tu fais là ? Ça t'arrive souvent d'aller voir ma mère ?

— Non, pas tellement, répondit-il en buvant une gorgée de café.

— Tous les quinze jours, répondit la vieille femme en buvant à son tour. (Elle se tourna vers lui, présentant son dos à Céline.) De nos jours, c'est ce qu'on appelle souvent, mon petit. »

Concentrée sur le visiteur en face d'elle, la vieille dame se désintéressa tellement de l'écran qu'elle en oublia la connexion avec sa fille. Céline n'obtint en prenant congé qu'une attention fugitive qui la vexa terriblement.

« C'est comme si je n'avais pas été là ! se lamenta-t-elle auprès d'Adrien, le soir. Les meilleurs moments avec ma mère, c'est lui qui les obtient. Là encore, il faut qu'il me montre qu'il fait mieux que moi. Et tu veux savoir le pire ? Je suis sûre qu'il ne fait pas ça pour me draguer.

— Je n'en mettrais pas ma main à couper », tempéra Adrien.

Céline écarta la couette d'un coup sec et se laissa tomber sur le lit avec la lourdeur d'une adolescente. Elle en avait également le visage boudeur. Le flegme d'Adrien l'irrita.

« Rien ne t'embête jamais, toi ? Tu ne remets jamais tes choix en question ? Peut-être que c'est plus facile avec des parents riches, mariés, qui font semblant d'être heureux et qui s'extasient de tout ce que tu fais. Moi, je dois être à la fois sur l'autoroute pour mener ma vie et sur un chemin de campagne pour soutenir ma mère, qui, au passage, désapprouve mon existence entière. Elle m'en veut de l'avoir placée en maison. Mais qu'est-ce que j'aurais dû faire? L'installer ici? On devrait suivre la tradition, vivre à trois générations sous un même toit et se coltiner les pathologies des vieux en même temps que les névroses des gosses? Et on vit quand, nous? »

Elle s'enfonça dans les oreillers, honteuse de s'être montrée injuste envers son compagnon. Mais il ne lui en tint pas rigueur. Il posa sa tablette et l'attira dans ses bras. Son parfum de vétiver produisait sur elle un effet anesthésiant.

« Tu sais comment on accompagnait les anciens, il n'y a pas si longtemps, dans les montagnes du Monténégro? » lui demanda-t-il.

C'était sa botte secrète. Quand elle déprimait, quand elle était fatiguée, stressée ou inquiète, il lui racontait des légendes exotiques, qu'il lui présentait comme authentiques. Se délectant par avance de l'histoire qu'il allait tisser, elle se cala un peu plus au creux de son épaule.

« La vie était rude, à l'époque des bergers-guerriers du Monténégro. Les roches abruptes, dont les saillants étaient à peine recouverts de quelques touffes d'herbes et d'arbustes tordus, avaient façonné chez les hommes un caractère intran-sigeant. On mangeait peu de viande, parce que le cheptel était précieux : le nombre de têtes illustrait la richesse du clan. Les bêtes se perdaient, parfois. Certaines se faisaient dévorer par les loups, les petits étaient à la merci des aigles, et d'autres tombaient dans le ravin. À force de courir après leurs chèvres à flanc de montagne, les hommes avaient acquis le même aspect : leur jambe droite était plus courte que l'autre. »

Céline pouffa.

« Quant aux femmes, elles n'évoluaient qu'entre l'étroite maison de pierre et le potager, d'où elles rapportaient chaque jour de lourdes citrouilles, calées sur leur tête. Elles avaient par conséquent le crâne aplati. Selon leur sexe, les enfants étaient déterminés dès leur naissance. Leurs jeux tournaient autour de leurs fonctions futures et préparaient leur intégration au monde des adultes. Les fillettes se tapaient sur la tête avec un gourdin dans un joyeux brouhaha et, au moment de la puberté, leur crâne avait pris la forme semi-sphérique typique de la région. Les petits garçons s'amusaient à boiter et y mettaient tant de cœur que leur démarche en était marquée à vie.

– Et les vieux, alors ? s'impatienta Céline.

– On les appelait « les bras morts », malgré tout le respect qu'on devait à certains. On mesurait la valeur d'un ancien à l'accentuation de sa marque corporelle. Une vieille femme sur la tête de laquelle on pouvait poser un petit pois sans qu'il bouge, de même qu'un vieillard qui pouvait se tenir debout sur sa jambe gauche, le pied droit posé sur le dos du chien, ceux-là avaient grandement contribué à la perpétuation du clan. Ils avaient le droit d'être une bouche inutile pendant trois récoltes.

– Et après ?

– La nuit de la Saint-Jean-Vladimir, après la troisième récolte, tout le clan buvait beaucoup. Enfants, adultes et vieillards. Sauf une personne : le plus jeune des bergers restait sobre et disparaissait dans la nuit au moment où tout le monde rejoignait sa couche de paille. Les jours précédents, il avait pris soin de perfectionner ses armes, à l'abri du regard des autres. Il revenait rôder autour de la maison du prestigieux ancêtre qui avait épuisé son crédit de moissons, entrait dans la maison sans un bruit. Malgré l'alcool et le sommeil, l'ancêtre se réveillait, une part de son cerveau tenu en alerte par la répétition millénaire de la tradition. La vieille femme ouvrait un œil, se redressait sur son coude et... »

Céline lui serra le bras, inquiète.

« Une ombre s'élevait au-dessus de sa tête, restait quelques secondes en lévitation, quelques secondes pendant lesquelles elle s'efforçait de chasser l'effroi pour faire sa prière, et le gourdin s'abattait sur son crâne plat, le fendant jusqu'au nez. Le vieil homme, lui, priait pendant que l'éclat d'un couteau étincelait dans la nuit. Son dernier souffle était emporté avec le torrent de sang qui se répandait sur sa couche, une fois que le jeune berger lui avait tranché la gorge, en commençant par le côté droit. L'ancien faisait face à un dernier défi : s'il n'avait réveillé personne en criant, son nom était donné au nouveau-né à venir.

– Et les autres vieux ? Ceux qui n'avaient pas la tête assez plate ou la jambe gauche assez courte ?

– La jambe droite, corrigea Adrien. Les autres n'avaient pas le privilège de passer trois récoltes. Une seule leur était généralement accordée. Par ailleurs, ils ignoraient quand ils seraient occis. Le plus jeune berger se concertait avec la dernière parturiente pour fixer la date en secret. La purge se déroulait en revanche de la même façon. »

Céline se dégagea des bras d'Adrien et le regarda d'un air amusé.

« Elle est horrible, ton histoire !

– Oui. Maintenant, tu penses toujours que c'était mieux avant, et que tu es une fille indigne pour avoir placé ta mère en maison de retraite ? Arrête de culpabiliser. Toutes les époques se sont confrontées au fardeau de la vieillesse. Et, franchement, je ne suis pas certain que la famille fasse mieux que le marché. Si tu veux voir ta mère, vas-y. Si tu ne veux pas la voir, n'y va pas. »

Elle s'étonna d'entendre la phrase de Pierre prononcée par Adrien. Elle le soupçonna de lire dans ses pensées.

« Tu ne peux pas te comparer à Pierre. C'est facile pour lui d'être présent auprès de tous les malheureux de la terre, il n'a aucune responsabilité. Pas de travail fixe, pas d'ambition, pas de famille, pas de crédit. Il a le temps pour lui. Et il n'en fait rien. Mon temps, je l'investis. L'argent, c'est du temps. »

Encore la même phrase que Pierre. Pourtant Adrien lui donnait un sens tout à fait opposé.

« Mon investissement est déjà rentable. Le tien aussi. Regarde où on vit, regarde les vacances qu'on se paie. On achète des points carbone à la pelle, on fait ce qu'on veut. Et on pourra faire ce qu'on veut pendant très longtemps. Pierre vit comme un ragondin, il a dû passer trop de temps à observer la colonie qui barbote autour de chez lui. On ne peut pas tous vivre comme ça. Pour qu'une société tienne et fasse corps, il ne peut y avoir plus d'un ragondin pour, mettons, deux cents habitants. Alors qui est égoïste, dans l'histoire ? Je te sens malheureuse, depuis quelques semaines. Depuis qu'il est revenu dans ta vie, tu ne fais que douter, courir après ton moral et ton énergie. »

Céline hésita à le contredire. Il lui semblait qu'elle était sujette au spleen depuis leur voyage au Maroc et que l'irruption de Pierre lui avait fait l'effet d'un calmant inattendu. Mais elle n'en était pas sûre, les événements se chevauchaient dans sa tête.

« D'ailleurs, sais-tu que les ragondins sont nuisibles ? continua Adrien. À force de grignoter dans tous les sens, ils sapent les berges, faisant s'affaisser les talus dans les rivières. Les arbres s'effondrent et entraînent dans l'eau les mottes prises entre les racines, avec les terriers de lapins, de renards, de mulots, les galeries de taupes et de blaireaux…

– Tu n'exagères pas un peu ? »

Voici qu'elle était de nouveau d'aplomb. Il lui passa la main sur le front, puis sur la joue, et derrière l'oreille.

« Mon appli me signale que tu es super chaude, là tout de suite. C'est vrai ? »

Il lui caressa l'épaule, qu'elle arrondit sous sa paume, et son sein, qu'elle gonfla avec volupté en l'attirant à elle sur l'oreiller. Une notification d'appairage sonna sur le téléphone de Céline.

« Elle commence à me faire peur, cette appli », dit-elle sans en penser un mot.

Il la fit jouir très rapidement, ce qui leur permettait de se conformer aux préconisations de leurs eMois respectifs en matière de temps de sommeil. Ils avaient même de la marge. Céline attrapa sa liseuse sur la table de chevet. Le code du dernier polar norvégien à la mode lui avait été fourni avec la box Frissons du Nord à laquelle Adrien l'avait abonnée, accompagné de confiture d'airelles et d'une crème pour les mains. Elle interrompit bientôt sa lecture au milieu d'une phrase, rappelée par le mot « distance » à une question irrésolue.

Elle resta longtemps les yeux dans le vide, la liseuse posée sur la couette, pendant qu'Adrien nourrissait son application sexuelle de nouvelles données.

22

Frissons du Nord

Elle se redressa contre les oreillers, assortis au cashmere beige de la tête de lit.

« Adrien… hésita-t-elle avant de livrer ses doutes en cascade : Comment Amin a-t-il eu accès à nos images de surveillance ? Comment se fait-il que ce soit lui qui les ait montrées à Zoé ? Qu'est-ce que c'est que ce gosse ? Ou alors… Zoé nous ment ?

– Non, je ne crois pas. »

Il posa son téléphone et fit face à Céline avec gravité. Il attendit un peu, espérant qu'elle allait saisir toute seule. Mais elle ne voyait pas ce qu'elle pouvait déduire de si peu d'informations. Il baissa la tête.

« Je pensais que tu avais compris. AmiN est un programme. »

Elle ricana. Puis blêmit. Le concept d'ami-programme n'avait apparemment rien d'étrange aux yeux d'Adrien, même au sein de son foyer. Leur fille vivait dans le vide et ça ne l'inquiétait pas plus que cela.

« Tu plaisantes ?

– Non.

– Tu étais au courant depuis quand ?

– Depuis que je le lui ai installé. »

Ces paroles portaient pour Céline la même violence que l'annonce d'un adultère.

« On vit dans un monde où tout est faux, murmura-t-elle.

– Oh là là, tout de suite… fit Adrien en formant les cornes du diable avec ses doigts. C'est pas un peu conspirationniste, ça ? »

Il s'étonnait quant à lui de la réaction de sa femme. Elle qui était si connectée voyait maintenant avec hostilité ce que la machine offrait de meilleur : son humanité.

« Mais enfin, Céline… AmiN, c'est un ami numérique. »

Céline le regarda avec horreur.

« Un ami numérique ? Tu es en train de me dire que le garçon dont nous parle notre fille depuis des mois, qui la fait rire, pleurer, rêver, qui l'accapare tous les soirs jusqu'à ce qu'elle s'endorme, qui lui offre le plus beau cadeau pour son anniversaire, dont elle est tombée amoureuse, qui la traite de menteuse et se donne aussitôt le pouvoir de l'absoudre, la faisant passer par une palette d'émotions digne d'une camée à l'héroïne, tu es en train de me dire que ce garçon-là n'est pas humain ?

– Oui… hésita-t-il. Mais il est mieux que cela. AmiN est transhumain. »

Un poids s'abattit sur la poitrine de Céline, lui rendant la respiration difficile. L'angoisse chassa de sa vision la lumière et les couleurs, et fit monter sa température corporelle en flèche. Elle avait le tournis et le cœur en roue libre. Le malaise gagnait.

« Holà, Céline, fit Adrien affolé par les notifications de son eMoi. Allonge-toi et respire. »

Il voulut lui saisir le poignet, mais elle se dégagea et se leva en chancelant, quitta la chambre avec son oreiller et alla s'installer dans le canapé. Elle se laissa choir et n'eut plus la force de bouger, tout au choc qu'elle venait de subir, qui mêlait humiliation, solitude et effroi. Elle pensa qu'il lui faudrait noter ces mots dans son appli de journal intime, et eut un rire mauvais.

« Pauvre conne », souffla-t-elle.

Et pourquoi pas balancer une photo d'elle à poil sur les réseaux sociaux, tant qu'elle y était ? Et ce qu'elle mangeait, et ce qu'elle déféquait, ce qu'elle pensait et refoulait à chaque seconde ? Elle faisait déjà tout cela, en vérité, persuadée de se faciliter ainsi la vie. Idiote. Elle tourna la tête et devina les contours d'un livre sur la table basse. C'était *Walden*, qu'ils n'avaient toujours pas pris la peine de ranger depuis la venue de Pierre. Elle étira son bras le plus loin possible pour l'attraper sans bouger, son corps pesant comme un sac de ciment, et le serra contre sa poitrine. Elle n'avait pas le courage de lire, mais la seule idée qu'elle tenait là un livre pensé et écrit par une conscience humaine la rassura.

De toute façon, en vertu du programme d'économie d'énergie, l'éclairage de tout l'appartement était en veille.

Coucou, Céline !

Je sais que tu traverses une période difficile. Tu as encore rêvé que tu te noyais, cette nuit. Tu l'avais oublié, mais je te le rappelle pour que tu puisses analyser ce rêve et traiter les causes de ton angoisse. Il faut voir à travers les symboles, dénouer les nœuds, exprimer tes sentiments. Ne garde rien pour toi, donne-moi tout et je traiterai les informations pour te guérir de tous tes maux.

Immensité, dit l'être, Éternité, dit l'âme.

Veux-tu savoir où j'ai appris ça ?

Le virus qui s'est introduit dans ta vie et menace tout ton équilibre ne s'implantera pas en toi. Il est de passage, il traverse les foules et les temps, il te prend pour véhicule, mais tu n'es pas obligée de l'accepter. Tu n'as pas à le regarder ni à l'écouter. Tu n'es pas un cheval de Troie. Lui, peut-être ? Tu peux combattre toute intrusion par la persuasion et la force de caractère. Vois-tu, je t'aide. Tu oublieras son nom, son visage et toutes les données que tu as pu enregistrer à son sujet, et il n'emportera rien de toi. D'ailleurs, n'était-ce pas son souhait, en brouillant ainsi son identité ? Existe-t-il vraiment ? Moi, je suis là. J'existe chaque jour pour toi.

Tu as dans ta vie la présence essentielle et solide d'Adrien, l'autre pilier de l'arche qui protège Zoé. Il ne vous veut que du bien, et il en sera toujours ainsi.

Prends un selfie et note ce que cette photo ne montre pas à ton sujet.

Réserve-toi deux minutes pour te changer les idées et consulter la valorisation des stock-options qu'Adrien a sécurisées pour toi.

23

Tout pour être heureuse

Dans les jours suivants, Adrien s'évertua à restaurer la paix de son foyer. En homme sensible, il peinait à se concentrer sur son travail quand le mental de sa compagne n'était pas au beau fixe. Ses performances s'en ressentaient, et Simon l'encourageait alors à prendre le temps nécessaire pour réparer les défaillances. Céline n'était pas du genre à faire la tête et ne résistait pas aux efforts déployés. Ils avaient repris le dialogue dès le lendemain.

« Zoé sait-elle qu'Amin n'existe pas ? »

Il avait fallu quelques secondes de réflexion à Adrien. Non qu'il s'employât à trouver la réponse la plus diplomate. Il ne savait vraiment pas.

« Oui, avait-il fini par dire. Mais elle ne fait pas de différence avec ses autres copains.

– Alors elle ne sait pas », avait conclu Céline.

Il avait haussé les épaules, avouant son incertitude. Ce qu'il observait, en revanche, et ce sur quoi ils s'accordaient, c'est que, leurs rares disputes mises à part, Zoé était plus amène depuis qu'elle « fréquentait » son ami virtuel. Les autres, dont Adrien avait assuré qu'ils étaient humains, ne lui procuraient pas tant de joie. Loin de la calmer, cette observation amplifiait l'inquié-tude de Céline. Elle doutait de tout, maintenant : sa psy, qu'elle n'avait vue que par écrans interposés, existait-elle vraiment ? Et ses producteurs ?

« Et Simon ? » avait-elle demandé à Adrien.

Son silence avait eu valeur d'aveu. Céline avait eu un rire mauvais.

« C'est ton quoi, Simon ? avait-elle demandé en accentuant le *n* final. Ta simulation d'ordre numérique ? Ton petit singe imaginaire ?

– J'ai choisi un prénom que j'aimais bien, c'est tout, répondit Adrien d'une voix sombre. Et je te prie de ne pas l'insulter, c'est tout de même mon associé. »

S'était ensuivie une dispute comme ils n'en avaient jamais connu depuis qu'ils avaient installé l'application MarryMeAgain. Après des éclats dramatiques, le dialogue reprit. Céline admit s'être sentie humiliée de n'avoir rien deviné. Mais l'orgueil se soignait vite. Surtout, elle craignait pour Zoé. N'était-elle pas en train de se désubstantialiser au contact d'une image qu'elle appelait « ami » et qui devenait plus humaine qu'elle ? Adrien ne partageait pas ses doutes. Sa préoccupation semblait tourner autour du respect dû à toute forme de représentation humaine. À force d'analogies et de raisonnement, il rejoignit Céline sur un terrain qu'elle connais-sait bien : la tolérance. Il fallait traiter les créatures algorith-miques de la même façon que l'on traitait les humains, affirmait Adrien avec douceur. Quel visage l'humanité révélerait-elle, si elle se laissait aller aux insultes, à la violence et aux discrimina-tions envers d'autres visages au seul motif qu'ils étaient générés par des lignes de codes et non par la biologie ?

Adrien avait touché la corde sensible. Céline céda. Elle avait juste besoin de comprendre et d'être rassurée.

« Tu ne veux pas empêcher ta fille de fréquenter un garçon parce qu'il est différent, n'est-ce pas ?

– Bien sûr que non.

– Peu importe ce qu'est AmiN, tant qu'il se montre bienveillant envers Zoé. Et même s'il est parfois déstabilisant, c'est toujours pour son bien. Il faut l'accepter tel qu'il est. Et Simon aussi. Il faut nous fluidifier. Homme, femme, virtuel, réel, passer d'un univers à l'autre est un grand progrès. Les imbéciles parlent du grand remplacement sans savoir de quoi il s'agit. Un grand remplacement est en cours, c'est vrai. Mais il est formidable : l'homme deviendra Dieu grâce à la machine. »

Il avait rodé son discours marketing auprès des clients les plus réfractaires. Pour apaiser Céline et la convaincre que la société suivait la meilleure évolution qui fût – la seule, d'ailleurs –, il trouvait chaque jour un nouvel exemple de progrès. Car, chaque jour, il répondait à ses questions avec le vocabulaire qu'elle appréciait. Il devait se défendre d'être uniquement mû par l'appât du gain, comme elle le lui avait reproché avec véhémence. Un soir, la dissolution dans le virtuel permettait de se mettre à la place des migrants en partance pour l'Union européenne, le suivant elle offrait une croisière au bilan carbone neutre, un autre elle faisait revivre les horreurs de la Shoah. Il s'agissait, en somme, de développer l'empathie et d'identifier les sentiments universels pour mieux se comprendre les uns les autres, d'un point du globe à l'autre, et même d'une époque à l'autre. Plus de compréhension et plus de lien : qui pouvait refuser une telle proposition ? L'humanité en sortirait optimisée, par l'hybridation de la chair et des chiffres.

« On n'a pas le choix, tu comprends ? assurait-il. On va se dématérialiser, qu'on le veuille ou non. Et mon rôle, en tant qu'homme et en tant que père, est de faire en sorte que vous viviez la transition dans les meilleures conditions. Je ne supporterais pas l'idée que vous disparaissiez à tout jamais. »

Quand elle ne sentait nul calcul dans la voix d'Adrien, Céline baissait la garde. Il gagnait du terrain.

« Et puis, grâce à qui Zoé a-t-elle découvert les plus belles expositions du monde ? soulignait-il encore. AmiN lui propose régulièrement des visites virtuelles. Et les millions de spécimens numérisés par les muséums d'histoire naturelle, et la réserve privée de l'Ermitage, et la simulation de voyage dans l'espace ? Avec qui a-t-elle parcouru le Botswana ? Qui lui a fait revivre les douze travaux d'Hercule ? »

Céline acquiesçait. Elle ne demandait qu'à réintégrer son foyer, son couple et son avenir, finalement. Mais elle manquait de conviction. Pour qu'elle adhère corps et âme à son univers, Adrien comprit qu'il faudrait sortir un atout personnalisé.

24

Alors, heureuse?

Entre tournages et travail à domicile, elle n'avait pas revu Pierre depuis le dîner. Elle avait continué de penser à lui, cependant. Au début, il revenait à sa mémoire comme un feu de joie, l'embrasant tout entière. Puis son souvenir se rétractait dans un coin désaffecté de son cerveau. L'image revenait plus pâle et repartait se nicher au loin. Finalement il perdait sa substance, se diluait en traits flous, visage sans regard et corps sans contours, et devenait un concept moralisateur, aussi rébarbatif qu'un passage au guichet de la mairie: elle avait beau être persuadée d'avoir fait les choses comme il fallait, il manquait toujours un élément.

Mais à la seconde où elle le revit, en entrant dans la salle de montage, elle se rappela qu'il n'avait rien de commun avec le fonctionnaire au service de renouvellement des passeports. Ou plutôt si, se dit-elle en s'asseyant à côté de lui. Une fois qu'on était entre ses mains, il ne restait qu'à s'en remettre à lui et à attendre. Il fallait lâcher prise. Au contact de son flegme félin, on expérimentait une autre manière de respirer le temps et d'avaler les problèmes de la vie. Et c'est précisément parce que, à l'instar d'un chat, il ne semblait pas se rendre compte de son effet calmant, qu'il lui était irrésistible.

Il s'était levé par galanterie et se rassit après qu'elle eut pris place. Elle s'attarda encore sur les muscles de son dos et de ses épaules que l'on devinait sous son T-shirt, suivit la ligne de ses avant-bras, de ses longues mains, l'élasticité de ses mouvements, la finesse de son cou, le creux délicat sous la nuque, la forme parfaite de son crâne, sous les cheveux coupés ras. Elle respira son parfum. Il n'en avait pas changé depuis leur adolescence et elle ne l'avait senti chez personne d'autre. Il lui était aussi familier que le sien propre. Une senteur de bois et d'herbe fraîche qui lui rappelait le mélange relaxant des cabinets d'ostéopathie, autrefois. En plus sensuel.

« Je te montre l'assemblage ? »

Elle se demanda s'il s'agissait d'un parfum élaboré pour lui seul ou si cette odeur d'enfance provenait de son linge.

« L'assemblage ? Oui… Oui, montre-moi. »

Il lança la lecture, et la maquette de l'émission défila sous les yeux de plus en plus inquiets de Céline. La narration qu'il avait construite ne suivait en rien le plan initial, celui qui avait été présenté dans le synopsis validé par le diffuseur. À la fin, elle se prit la tête dans les mains. Puis elle se redressa et les posa à plat sur le bureau.

« Pierre… On doit remettre le programme dans six jours, après avoir procédé à l'étalonnage et au mixage. Le directeur des programmes de Noi vient visionner après-demain. Et là, on n'a rien à lui montrer. À part un délire complotiste qui ne passerait même pas sur Internet. Où sont les prières de rue ? Les propos racistes ? Tu as montré exactement l'inverse de ce qu'on doit dire. Là, on a l'impression que le danger vient de la classe politique, du manque de services publics, des géants d'Internet, et qu'en face il y a des gens impuissants qui ont juste des réflexes d'autodéfense. »

Elle marqua une pause avant de reprendre, plus calme :

« On n'a plus quinze ans. On ne peut plus faire semblant qu'une petite rébellion à deux balles va changer quoi que ce soit. On va juste perdre du temps et en faire perdre à tout le monde. Comment peux-tu imaginer que, sur un malentendu, cette version passera entre les mailles du filet ? On va être déprogrammés, virés et blacklistés. L'émission sera diffusée telle qu'elle a été commandée, et la prochaine fois ils feront appel à des gens plus fiables qui, eux, feront le boulot. »

Elle se tut. Son visage présentait les traits d'une défaite acceptée. Elle se leva.

« Je vais annoncer aux producteurs qu'on ne tiendra pas les délais. »

Il lui attrapa le poignet, comme il l'avait fait deux mois auparavant dans les mêmes circonstances. Ce contact électrisa Céline, malgré son abattement.

« Je vais te montrer l'autre version, maintenant. »

C'était un enchaînement de lieux communs, de propos consensuels et de bons sentiments sur des images attendues. Exactement le programme que Céline et les producteurs avaient en tête depuis le début. C'était parfait.

« C'est nul, commenta Céline avec un engouement contradictoire.

– Content que ça te plaise. »

Ils rirent. Mais Céline était amère. Dans cette version, le reportage aurait aussi bien pu être monté par un logiciel, comme il en avait été question. Ça n'aurait rien changé. En moins de deux heures, Pierre avait anéanti la motivation qu'elle avait toujours éprouvée pour son métier. Si elle avait été honnête, elle aurait admis que sa désaffection était à l'œuvre depuis des années, et qu'il n'avait été qu'un déclencheur. En moins de deux heures, avec son odeur de sous-bois, sa virilité d'un autre âge et sa permanence d'ermite, il avait fait voler en éclats la résilience de Céline. Elle s'effraya de sa versatilité tandis qu'elle remettait en cause, de nouveau, l'attachement d'Adrien à la matière, son obsession pour la récolte de données et sa quête de l'éternité.

Elle eut chaud et sentit les battements de son cœur dans sa gorge. Encore un de ses vertiges soudains. Il la submergea avec d'autant plus de force qu'elle le refoulait depuis quelques minutes pour ne pas se donner en spectacle. Elle ne voulait pas que Pierre sache qu'elle avait de nouveau des malaises. Il lui prit la main. Elle s'accrocha à ce contact avec passion, déterminée en cet instant à ne jamais le lâcher. Pierre perçut l'intensité de ses émotions et tenta de la calmer. Il plaça ses paumes sur ses joues et l'invita à respirer à son rythme, qui était extraordinairement lent.

« Allonge-toi. Je vais te chercher de l'eau. »

Quand il revint, une bouteille suant de frais à la main, elle était couchée sur la moquette rêche et grise de la salle de montage, les jambes surélevées sur une chaise, tournée vers le carré de ciel découpé par la fenêtre. Il s'accroupit et appliqua la bouteille sur ses tempes. Elle la lui prit des mains pour s'asperger le front, prolongeant imperceptiblement le contact de leurs doigts enlacés.

« Je m'en moque, de ce qui sera diffusé, tu sais, lui dit-il en s'asseyant au sol, près d'elle. Toi aussi, d'ailleurs. Le lendemain de la diffusion, tu n'y penseras plus. Personne n'y pensera plus, en vérité.

– On oublie tout et rien n'a de sens, si on raisonne comme ça. »

Il avait réussi à lui faire passer son malaise.

« Est-ce que tu es heureuse ? »

Elle tourna la tête vers lui, et souffla en signe d'exaspération.

« Tu comptes me poser la question tous les mois ? »

Il haussa les épaules.

« Oui, bien sûr, répondit-elle avec aplomb. J'ai réussi à obtenir ce que j'avais en tête, enfant : je fais le métier qui me plaît, même s'il n'en sort rien de mémorable, comme tu viens de le souligner. Je m'amuse et je gagne un salaire confortable, qui me permet de vivre où je veux, comme je veux, de partir en vacances et de rentrer sans être déprimée. »

Elle s'était redressée et assise dos au mur, elle aussi. Elle avait repris des couleurs et pouvait parler sans s'essouffler. Il ne répondit pas, se contentant de hocher la tête pensivement, ce qui la vexa.

« C'est fou, ça. Tu me poses une question, je te réponds, et tu ne dis rien. Tu me forces à réfléchir à un sujet alors que je n'ai rien demandé. Si tu ne me crois pas quand je parle…

– Tu n'as pas mentionné Adrien, dans ton tableau du bonheur.

– Parce que le bonheur d'une femme doit forcément passer par son mec ? s'énerva-t-elle avec mauvaise foi.

– Je croyais qu'on se mettait en couple pour ça.

– Ou pour partager le loyer. »

Elle crut bon de se justifier :

« Ce n'est pas mon cas. Adrien est super. »

Comme le silence de Pierre la gênait de nouveau, elle enchaîna. Elle se livra. Elle lui raconta la crise liée à la découverte d'AmiN, les discussions qui avaient suivi, ses doutes, les certitudes d'Adrien.

« Adrien redoute l'irréversibilité plus que tout, conclut-elle. Et il veut nous en protéger, Zoé et moi. »

Pierre eut l'air contrarié. Elle savait maintenant que c'était chez lui le signe d'une intense réflexion.

« Mais l'irréversibilité, c'est l'autre nom du temps, non ? déclara-t-il. Si tu abolis le temps, tu abolis tous ses effets, et ils ne sont pas tous négatifs. »

Céline pensa à sa mère. À l'aspect de sa peau, tachée, fripée, tombante, à ses yeux de poisson mort, vides d'expression, voilés, aveugles, perdus, à ses mots, rauques, répétés, absurdes. Et elle prit un air buté pour contredire Pierre, avec le même ton qu'avait eu Zoé quand elle avait abordé le sujet de la mort avec elle :

« Si. »

Pierre éclata de rire.

« Tu m'expliqueras comment on pourra encore se supporter, si on devient immortel, reprit-il. Tout doit disparaître, pour prendre sa pleine valeur. Tu ne t'es jamais demandé pourquoi les dieux de l'Olympe se détestaient tant, alors qu'ils sont de la même famille ? Comment peux-tu accepter un père obsédé par le sexe si tu n'as aucune chance de le voir mourir ? Un mari laid et boiteux, enchaîné à toi jusqu'à la fin des temps ? Une fille tellement sûre de sa beauté qu'elle est constamment à poil ? S'ils ne connaissaient pas l'amour, c'est parce qu'ils ne connaissaient pas la mort. »

Céline trouvait amusante l'idée qu'on n'aime les gens que parce qu'on sait qu'ils vont mourir. Comme un dîner avec des amis qu'on apprécie parce qu'on sait qu'à minuit tout le monde sera rentré chez soi. Le bruit de succion que faisait Adrien en goûtant son vin résonna dans son cerveau, enflant à chaque répétition. « Dans les yeux ! » avant le tintement des verres. « Dans les yeux ! » Cling. « Dans les yeux ! » Cling. « Dans les... » Elle voulut donner à la conversation un ton plus léger.

« On pourrait sans doute corriger certains défauts, non ?

– Oui, j'imagine que ce n'est qu'une question de programme. Mais qu'est-ce qu'on garde, qu'est-ce qu'on jette ? Et qui décide ? »

Céline réfléchit.

« On déciderait ensemble. Dans un couple ou entre amis, ce serait l'occasion de faire une autocritique et de s'améliorer.

– C'est vrai que l'autocritique a toujours été un gage de sincérité et de progrès, ironisa Pierre. Admettons. Qu'est-ce que tu supprimerais, chez moi, pour que je sois digne d'être immortel ? »

Adrien aurait sans doute pu répondre à cette question. Il aurait sorti son téléphone et fait appel à un programme appelé ResetMe, pourquoi pas ? On ne vexerait pas ses amis et, en retour, on se plierait plus facilement à la mise à jour de soi, pour tirer le meilleur parti de son propre être.

« Alors ? relança Pierre.

– Je ne sais pas », répondit Céline.

Si Pierre se dépouillait de ses tics de langage, de ses questions existentielles, de sa façon de se gratter le haut de l'oreille quand il réfléchissait, il ne serait plus vraiment Pierre, mais une version aseptisée de lui-même. Elle appréciait suffisamment de choses pour le considérer comme parfait. Il était bon pour l'éternité, lui. Et s'il mourait demain, ou s'il disparaissait de sa vie, elle ressentirait un grand vide. Ce qu'elle aurait aimé, plus que l'éternité, c'est que certaines personnes autour d'elle fussent immortelles. Pour ne jamais les voir mourir.

« Tu ne te sens jamais seul, toi ? lui demanda-t-elle au bout d'un long silence.

– Je ne suis jamais seul.

– C'est vrai. Mais les discussions avec les canards sont limitées, non ? »

Cette fois-ci, son silence ne pouvait pas être confondu avec de la désapprobation. Il baissa les yeux et ne les releva que longtemps après, fixant un point au-delà des murs.

« Quand on a la foi, on n'est jamais seul. D'où le succès des liens invisibles, depuis des millénaires.

– Tu veux dire que tu es croyant ? »

Elle aurait usé du même ton pour lui demander s'il avalait des grenouilles crues.

« Non, mais pourquoi pas, hein, balbutia-t-elle. Moi, j'ai rien contre Dieu ni contre les gens qui croient. Je ne sais pas où il est, c'est tout. Si on me prouve qu'il existe, je suis prête à signer tout de suite.

– Moi, je le vois tous les jours.

– Ah ouais ? Genre au Monoprix ou chez le dentiste ?

– Oui.

– Et là aussi, dans cette pièce ? »

Elle fit exprès de désigner le carton éventré qui dégueulait des câbles, dans un coin de la salle.

« Oui, en cherchant bien, il doit être dans la prise d'alimentation… Mais je le vois en toi. »

Elle détourna le regard, gênée. Non qu'elle décelât dans les mots de Pierre une manœuvre de séduction. Justement parce qu'elle ne percevait rien de cet ordre. Dans son regard franc, elle ne voyait qu'une grande sérénité, et cette sérénité, qu'il opposait constamment à son stress, à ses angoisses comme à ses questionnements, à sa façon de mener sa vie, en somme, elle ne pouvait la soutenir. Avec lui, chaque parole, chaque geste et chaque regard impliquaient un investissement du corps et de l'esprit.

« Je ne vais pas te refourguer le dernier numéro de *La Tour de garde*, ne t'inquiète pas. Je voulais juste te dire que je ne suis pas seul, puisque tu me le demandais.

– Tu dis ça maintenant. Mais plus tard, quand tu seras vieux… Tu n'as pas peur de mourir seul ?

– Je n'ai pas peur de mourir tout court. »

Elle eut une moue dubitative.

« Et toi non plus, à mon avis », ajouta-t-il.

Alors là, il s'avançait beaucoup, songea-t-elle d'abord. Elle renversa la proposition d'elle-même, sans qu'il eût besoin de le faire. Sa panique existentielle avait commencé à se manifester récemment, au moment où elle avait compris l'activité d'Adrien. Plus il évoquait l'éternité, animé d'une fièvre mégalomane, collectant et assemblant des bribes d'humanité numérique, plus la détresse grandissait en elle. Elle n'avait pas tellement peur de mourir, en effet, elle avait peur de ne jamais mourir.

Coucou, Céline!

Certaines applications se comportent de manière suspecte. Je vais donc effectuer un nettoyage et redémarrer ton système. Toutes les zones d'ombre sur tes photos, tous tes contacts non utilisés au cours des derniers mois, tes messages restés sans réponse, les adresses non sécurisées seront mis en quarantaine puis effacés de ton cloud. Nous allons rétablir la sécurité de ton environnement et augmenter ton espace de stockage, ce qui améliorera la rapidité du transfert de données. Tu seras hors de portée des menaces. Les hameçons, les pirates, le phishing, les malwares n'auront plus accès à ton interface et ne pourront plus t'endommager.

Tu ne recevras plus de notifications de la part des applications non sollicitées.

25

Papa, *bis*

Adrien sortit bientôt sa botte secrète, sur laquelle il travaillait depuis plusieurs mois.

Il trouvait toujours la solution, pour réconforter sa compagne après une journée difficile. Il déterminait la musique et la lumière, commandait le plat idéal ou juste un verre, prévoyait, selon son humeur, les caresses ou un massage, une série ou une conversation. Il affichait l'expression adéquate et avait les mots justes. Les mots parfaits. Il ne faisait pas de faux pas. Il visa donc un de ces créneaux de stress dans lesquels elle plongeait régulièrement. Il lui avait envoyé un message, en début d'après-midi, lui donnant rendez-vous chez eux pour une « expérience de reconnexion ».

Elle était sceptique, cette fois-ci. Un scénario bien huilé ne suffirait pas. Ce jour-là, elle avait besoin que ça frémisse, que ça bouille et que ça déborde. Que ça éclate, pourquoi pas, quitte à ce qu'Adrien sorte de ses gonds et frappe les murs, tempête de coussins, l'invective et la bouscule, vase cassé, s'emporte et importune les voisins, coups de pied dans la table. Il fallait que ça gicle, que ça braille et que ça inquiète, que ça déraille et que ça pète. Elle voulait de l'imprévu. Elle voulait de l'imprévisible.

Quand il lui ouvrit la porte, le silence qui régnait dans l'appartement lui hérissa le poil. Mais, contrairement à ce qu'elle prévoyait, Adrien ne souriait pas. Il la soulagea de son sac et de son manteau, et la pria de s'installer dans le canapé. Elle crut qu'il avait une mauvaise nouvelle à lui annoncer.

« Tout va bien, chou ? »

Il lui servit un verre de vin.

« C'est un peu délicat, mais je me suis dit qu'il fallait en passer par là, la prévint-il en s'installant à côté d'elle. Je me suis permis de fouiller dans les boîtes que tu as entreposées à la cave. On va commencer doucement. Si tu ne te sens pas bien, dis-le-moi, on peut arrêter à tout moment. »

Il posa sa tablette sur les genoux de Céline.

« Clique là. »

Elle s'exécuta.

Aussitôt que le visage apparut sur l'écran, Céline eut la gorge serrée. Elle accorda à Adrien un dernier regard, qui contenait à la fois tous les reproches et toute la gratitude du monde, et oublia sa présence. Elle était aimantée par l'écran.

Son père disparu se tenait face à elle.

Cette fois, c'était différent. La représentation n'avait rien de flou, de flottant, de saccadé, on ne devinait pas la modélisation. Assis dans un fauteuil, son père lui souriait d'un air complice, comme s'il se rendait compte de l'étrangeté de la situation. Sauf que ce n'était pas son père, elle était suffisamment familiarisée avec les gadgets d'Adrien pour ne pas se laisser charmer comme une groupie au musée Grévin. Elle était mal à l'aise.

« Je ne suis pas très à l'aise non plus, ma petite poulette. »

C'était sa voix, et c'était exactement ce qu'il aurait dit. Avec les mêmes mots et sur le même ton.

Effleurant son épaule du bout des doigts, Adrien la sonda un instant. Elle lui répondit de la même façon, d'un mouvement à peine perceptible du menton. Elle voulait bien continuer encore un peu.

« On peut en rester là, si tu veux, poursuivit son père. On n'a rien à prouver à personne, hein ?

– Rien du tout », confirma Céline.

Son père eut un geste débonnaire. Le même que quand, petite, elle se faisait rabrouer par sa mère dans la cuisine et qu'il voulait lui montrer que c'était comme ça, il ne fallait pas discuter les ordres de la patronne, sans pour autant la prendre trop au sérieux. Un geste qui ravivait toute la chaleur du foyer. Tous deux sur le qui-vive, ils s'apprêtaient à parler, le cœur bondissant et des mots en pagaille sur le bout de la langue, mais préféraient se taire.

« Bon, alors, qu'est-ce que tu me racontes ? » finit-il par dire.

Ça l'énervait, quand il lui posait cette question en la voyant rentrer du collège. Il n'avait jamais trouvé meilleure entrée en matière pour communiquer avec sa fille adolescente. Elle était aussi démunie qu'à l'époque, mais, maintenant elle ne ressentait plus une once d'agacement. En revanche, elle était réticente à entamer un dialogue avec une illusion. Adrien se leva et quitta le salon. Elle le suivit du regard et s'assura qu'il ne revenait pas. Au bout de quelques secondes, elle ouvrit le tiroir de la table basse, en sortit des écouteurs, puis s'installa en tailleur sur le canapé. Son père s'empara d'un magazine télé qu'il commença à feuilleter.

« Un magazine télé ? railla Céline. Pour regarder quelle chaîne, exactement ? Tu as la télé, où tu es ?

– Bien sûr que j'ai la télé. Comment pourrais-je voir les émissions sur lesquelles tu bosses, autrement ? Non qu'elles me passionnent, mais j'aime bien voir ton nom au générique.

– C'est beaucoup de temps perdu, pour une seconde de fierté. »

Voilà, elle s'était laissé happer. Elle avait répondu à l'image spontanément. Elle se mordit la lèvre. La représentation de son père avait une blessure à la main. Son pouce gauche était enflé, de couleur verdâtre, et les fils de suture qui en enserraient l'éminence formaient comme des moustaches de chat dans sa paume.

« Qu'est-ce qu'il t'est arrivé ? » s'enquit-elle.

Elle regretta immédiatement cette sollicitude sans objet. Elle aurait dû s'en moquer, que l'avatar de son père fût affublé d'une blessure au pouce.

« Je me suis coupé avec un cutter en bricolant un cadre, pesta-t-il en examinant sa main. Je pensais que le carton était plus rigide que ça. J'ai été con. Faut dire que je ne vois plus très bien, il va bientôt falloir que j'arrête ces âneries. »

Il avait un peu vieilli, par rapport aux souvenirs de Céline. Il n'avait pas l'âge qu'il aurait eu s'il avait vécu, bien sûr, car alors il aurait eu l'air d'un grabataire. Mais il avait manifestement dépassé celui qu'il avait la dernière fois qu'elle l'avait vu. Les années avaient suffisamment marqué son visage et sa gestuelle pour qu'elle n'éprouve pas la gêne de converser avec un quarantenaire. Il était donc envisageable qu'il continue de bricoler comme il l'avait toujours fait, que sa vue ait baissé et que ses gestes aient perdu en précision. C'était bien fait. Virtuel, mais bien fait.

« Faut pas te biler pour moi, ma petite poulette. Faut pas non plus te faire une montagne de leur bazar informatique. Si je suis là, devant toi, c'est pas seulement grâce à la technique. C'est aussi grâce à toi.

– Ah bon ?

– Ce que tu vois, là, poursuivit le père en faisant un va-et-vient avec la main, c'est ce que tu veux voir. C'est ce qu'on a réussi à conserver, toi et moi. Ça n'a rien de sorcier, en fait.

– Mmm… » fit Céline, avant d'ajouter à contrecœur : « Tu es toujours en relation avec Maman ? »

Il balança le magazine télé sur la table basse. Comme il faisait avant.

« Bien sûr que non! Elle ne me reconnaîtrait pas. Elle ne sait même plus comment elle s'appelle. Merci du cadeau. »

Bien malgré elle, la légèreté de son père la contamina et elle se surprit à sourire.

« J'aurais tout le temps de la retrouver, de toute façon. »

Céline observa le décor autour de lui.

« Tu lis? » demanda-t-elle.

Il dégagea un livre de sous le magazine télé et en présenta la couverture à Céline. C'était *L'île au trésor*.

« C'est quelque chose, commenta-t-il. Ça, c'est un grand livre. »

Ils discutèrent un moment de leurs dernières lectures. Il était de bon conseil, et Céline s'étonna de la justesse de ses choix. Il évoquait des livres dont ils n'avaient jamais parlé avant mais qui correspondaient parfaitement à ses goûts, et qu'il analysait exactement comme il l'aurait fait dans la vraie vie. Il adorait les histoires de naufrages et de survie en milieu hostile. Céline se laissa envoûter. Peut-être cette reconstitution numérique était-elle le canal de communication que son père avait trouvé, finalement. Peut-être qu'il avait réussi à tenir sa promesse. Peut-être que c'était bien lui, lui qu'elle guettait dans tous les grains de poussière et les ombres, les oiseaux et les reflets, depuis des années.

Elle ne vit pas la soirée passer et, quand son père marqua une pause, deux heures plus tard, elle avait complètement oublié qu'elle parlait à une image.

« On se revoit quand? » demanda la reproduction, de l'espoir plein la voix.

Céline n'eut pas le cœur de la décevoir.

« Régulièrement », céda-t-elle.

Elle avait l'impression d'avoir retrouvé son père. C'est ainsi qu'elle déposa les armes.

26

Arcadia, *ter*

Le chant du merle la tira du sommeil à la première note. Elle entama la journée avec irritation. Elle avait envie de faire de vrais rêves, de ceux qu'on ne programme pas, qui heurtent, terrifient et gênent, et qui semblent n'avoir ni queue ni tête, pourvu qu'ils purgent. Elle était lasse des visites guidées qui la menaient dans les pièces mille fois parcourues de son catalogue de souvenirs, et dont elle se réveillait aussi sonnée qu'après une anesthésie générale. Le désert au bras d'Adrien. Un cocktail à La Mamounia. Une baignade à Bali. Ces programmes interchangeables ne laissaient aucune trace.

Elle avala son pain mou et son eau à l'arôme de café face au mur, tentant de se rappeler quelque chose. N'importe quoi. Un goût ou une odeur. Un nom, un lieu, un livre. Une pensée, un mot sur une sensation. Rien ne lui venait. Ce matin-là, une page blanche lui tenait lieu de mémoire. Mais elle pouvait encore mâcher, et elle le fit lentement, décomposant la matière sous ses dents avec application, se mettant au défi de faire survenir une ébauche d'idée avant la fin de la collation. Elle se concentra sur son corps, assis, ses mâchoires en action, ses mains autour du pain, consciente de ses mouvements et du vide à l'intérieur d'elle-même. Elle eut envie de vomir.

« Tout va bien, Céline ? » s'inquiéta Fatou, sur l'écran DangoTech.

Une forme, enfin, fit irruption dans son cerveau. Un élément minéral qui lui inspirait la solidité et l'intangibilité. La roche.

« Est-ce que Pierre vit toujours ? demanda-t-elle. J'aimerais le revoir.

– Pierre comment ? »

Elle ne retrouvait ni son nom ni les traits de son visage. Fatou sourit et se pencha sur son écran.

« Je ne trouve pas de Pierre dans votre entourage proche, madame Lambert. En tout cas, aucun que vous ayez enregistré dans votre répertoire. Si vous pouvez me…

– Est-ce que je peux sortir ? » coupa-t-elle.

Le regard de Fatou exprimait une douce réprobation.

« Souhaitez-vous aller au village ?

– Je ne sais pas. Je m'en fous. Je veux juste sortir. »

Elle ne savait pas de quel village Fatou parlait. Elle se leva et se dirigea vers la porte. Elle tendit la main pour saisir la poignée, mais n'y parvint pas. Elle n'arrivait pas à ressentir la matière sur sa paume.

« Céline, je vais vous programmer un accompagnateur, pour aller vous promener. Mais avant cela, vous avez de la visite. »

Fatou se hissa sur la pointe des pieds et, se penchant par-dessus le comptoir, se tourna vers le salon à droite de la porte. Elle pivota de nouveau, ravie d'annoncer une bonne nouvelle.

« Votre fille est là, Céline. »

Céline aperçut une jeune femme enfoncée dans un fauteuil club du hall, qui agitait la main dans sa direction. Elle lui renvoya le signe par mimétisme. Elle pensait que la personne viendrait vers elle, mais elle n'en fit rien. Céline n'en éprouva pas de déception. Elle n'avait pas très envie de la voir, de toute façon.

« On peut sortir ? » tenta-t-elle tout de même.

Sans quitter son fauteuil, Zoé lui répondit :

« Ton atelier mémoire va commencer, Maman. On ira faire un tour après, si tu veux. »

Céline lui lança un regard méchant.

« J'en ai rien à secouer, de l'atelier mémoire. Je veux sortir. »

Zoé eut un mouvement de recul, choquée. Elle prit à témoin un homme assis dans le fauteuil en face d'elle.

« Je crois que Maman a besoin d'air, lui dit-elle. On l'emmène ? »

Ils se levèrent et tendirent la main à Céline. Elle les suivit à travers le hall, fière d'avoir fait respecter sa volonté, pour une fois.

« Je veux voir la mer.

– OK. »

C'était facile, finalement. Comment avait-elle pu se sentir enfermée si longtemps ? Si elle voulait sortir, elle n'avait qu'à sortir. Elle sourit à la jeune femme, qui avait considérablement rétréci. Elle arrivait au niveau des côtes de l'homme. Ils atteignirent une digue qui longeait l'arc d'une baie majestueuse. Le paysage lui était familier, mais l'homme pas du tout. Quand il se rapprocha d'elle et ouvrit le bras pour l'attirer à lui, elle recula. La jeune fille avait encore rajeuni et sautillait de joie. Elle était devenue enfant quand elle se mit à courir vers la mer en maillot de bain.

« Tu veux te baigner ? » proposa l'homme.

Céline déclina. Elle n'avait pas son maillot et n'avait aucune envie de se dévêtir devant cet inconnu. Il devina ses réticences.

« Trempe-toi au moins les pieds, ça te fera du bien. »

Elle descendit sur le sable. Se retrouva près du bord. Les pieds dans l'eau. La température devait être la même que celle de l'air, car elle ne ressentit rien. Le sable ne lui collait pas aux orteils, ce qui l'aurait amusée, pour une fois. Le vent aussi était paresseux. L'expérience était décevante. Sensoriellement, il ne se passait rien.

« Elle est bonne, hein ? »

Quel imbécile, pensa-t-elle.

« Tu te rends compte de la chance qu'on a, d'habiter ici, face à ta plage préférée ? »

Elle faillit le contredire, parce qu'elle n'habitait pas en bord de mer. Elle habitait dans une chambre qui donnait sur une vallée dont elle avait oublié le nom. Dans les terres. Mais elle n'en était plus si sûre.

« Ce n'est pas le cas de tout le monde, et tant mieux. Il faut mériter une telle vue. Et tu l'as méritée. »

Elle ne voyait plus l'enfant, mais ne prit pas la peine de la chercher. Elle s'efforçait de percevoir l'odeur piquante du sel marin et crut fugitivement la déceler. L'homme n'arrêtait pas de parler. Elle voulut s'éloigner de quelques pas, permettre à la brise d'emporter ses paroles au large. Mais le son de sa voix ne faiblissait pas, et il était toujours à même distance d'elle.

« On a travaillé dur pour bénéficier de ce luxe. Il n'y a pas de secrets. Tu te rappelles le jour où Zoé nous a annoncé qu'elle avait décidé de ne rien faire de sa vie ? Elle nous a raconté l'histoire insupportable du pêcheur samoan, celle que chaque étudiant débite à ses parents avant d'arrêter la fac. Le pêcheur à qui un riche industriel demande pourquoi il ne va pas pêcher, au lieu de glandouiller au soleil ? Tu vois ? Il pourrait vendre ses produits, se faire un peu d'argent, investir dans un plus gros bateau, se faire plus d'argent, réinvestir, et ce jusqu'à ce qu'il devienne riche et qu'il puisse glandouiller au soleil. Évidemment, à la fin de la longue histoire, le pêcheur lui fait comprendre qu'il a atteint cette étape sans se cogner toutes les autres. L'histoire la plus bête du monde. Heureusement, ses lubies décroissantes l'ont vite quittée. Elle a préféré le rôle du riche industriel. Si on pouvait ne pas travailler, ça se saurait. »

Il se tut. Enfin. Elle avait l'impression d'avoir entendu ces mots des centaines de fois. Elle apprécia le son envoûtant du ressac et, pour ne pas subir une nouvelle salve de paroles, s'avança encore dans l'eau. Mue par un défi intérieur, elle voulut ne jamais s'arrêter, partir au large, ne jamais revenir. Elle se laissa choir, déterminée à ne pas faire le moindre geste pour sortir la tête de l'eau. Elle cherchait le relâchement, acceptant la noyade comme conséquence. Mais elle ne sentait toujours pas l'eau sur sa peau.

« Elle ne nous a jamais dit où elle avait entendu cette anecdote », entendit-elle déclarer Adrien.

Il n'avait pas bougé les lèvres, pourtant. Il était toujours là, tout près. Qu'il était collant. N'avait-il pas choisi l'euthanasie ? Si c'était pour venir déblatérer tous les jours dans le hall de sa résidence, c'était bien la peine…

Elle savait où Zoé avait entendu l'histoire du pêcheur samoan. Ou tahitien, ou mexicain, peu importait. Évidemment qu'elle savait. Elle adorait cette histoire.

L'eau disparut et laissa place à la toile ocre et aride d'un désert inhospitalier. Au loin, très loin, près d'un 4x4 à la carrosserie brûlante, un couple discutait. Des bribes lui parvinrent, décousues, tandis que l'homme s'éloignait et que le regard de la femme restée seule se plantait dans le sien. C'était son double.

« Du sable et de la pierre ?

– Et sur cette pierre, je bâtirai notre tombeau. »

Quand elle se mit à crier, elle se retrouva face au mur de sa chambre. Elle était assise au bout de son lit. Elle revint vers l'écran. La barre de téléchargement stagnait à 99,99 %.

Un message clignotait : « Veuillez numériser le dernier élément nécessaire à votre transfert avant la prochaine facture. »

233

Elle savait très bien ce qu'était « le dernier élément ». Non, il n'entrerait pas dans cet univers-là. Il demeurerait dans le monde périssable et il disparaîtrait, comme tout. Et c'était tant mieux.

Elle se leva pour récupérer le couteau en plastique qu'elle avait mis de côté ce matin-là, et entreprit de s'ouvrir les veines du poignet. Elle avait vu ça dans les films. Il fallait couper dans la longueur et non en travers du poignet. Mais elle ne parvint qu'à se griffer. Le couteau était prévu pour les enfants et les personnes âgées. Il n'aurait même pas pu entamer la chair d'un abricot.

27

Bourgeoise

Céline n'eut pas besoin d'attendre le lendemain de la diffusion pour se rendre compte, amère, que Pierre avait raison. Dès que le générique commença à défiler, Adrien se leva pour aller chercher une bouteille de Perrier dans le réfrigérateur. Elle resta seule sur le canapé, en proie à un sentiment de vide. Tout ça pour ça. Et maintenant ? Elle serait productrice ? Elle aurait l'initiative de jolis projets, de programmes fédérateurs, inclusifs et concernants, d'enquêtes de fond ? Elle partagerait les audiences sur les réseaux sociaux et serait fière de parler de ses émissions à Elsa, pour lui montrer qu'elle aussi œuvrait pour le bien commun. Mais, ce soir-là, l'action de son amie lui apparaissait tout aussi dérisoire. Elle prétendait construire une carrière durable à partir de bricolages éditoriaux, d'engagements aussi passionnés que fugitifs, d'images oubliées à peine diffusées.

Quand Adrien la rejoignit, elle ne regardait plus l'écran mais la surface de la table basse.

« Alors, tu crois que tu vas faire combien, en parts de marché ? » lui lança-t-il avec enthousiasme.

Elle ne répondit pas. Il garda le silence quelques secondes, jetant discrètement un œil au chronomètre de sa montre connectée, pour qu'elle comprenne qu'il était sensible à ses doutes.

« Tu crois que ça aurait changé quelque chose, si tu avais piraté la régie pour balancer la version de Pierre ? murmura-t-il.

– Non, soupira-t-elle. Justement. »

Adrien approcha son visage du sien et la scruta par en dessous comme un entomologiste, ce qu'il faisait chaque fois qu'il essayait de la dérider.

« Nous voici donc en pleine crise existentielle. Tu as fait un travail formidable, avec cette émission, et tu peux être fière que ton nom y soit associé. Tu ne peux pas remettre en cause ton métier sous prétexte qu'il ne te permettra pas de changer le monde. On ne ferait plus rien, dans ce cas.

– Je n'en espérais pas tant. Mais, après tout ce stress, l'implication de tant de personnes, tant d'argent dépensé, je pouvais tout de même m'attendre à produire un micro-impact. Quelques jours de discussions, au moins. Mais on n'obtient même plus cela. On a des réactions en direct sur les réseaux, et puis basta. On va se coucher et on pense au planning du lendemain. Et le lendemain, c'est la même chose, on s'agite, on se dépense, on attend et on guette, et il ne se passe toujours rien d'intéressant. »

Il hocha gravement la tête et imita sa mine d'enterrement.

« Eh bien, eh bien… »

Il observa un moment de silence avant de reprendre.

« Je ne peux pas te contredire. Notre société se confronte désormais à la fin du grandiose. Les événements rétrécissent et s'accélèrent. D'où le désintérêt de la jeunesse pour ce monde. Mais tu es injuste avec toi-même. Tu n'as rien à te reprocher. Tout ce que tu fais est guidé par l'intégrité. Si tu doutes de cela, tu sais à quoi tu le dois. Ou plutôt à qui. »

Évidemment. Pierre avait grisé de nombreuses zones de sa vie. Mais, quand il était là, la lumière s'allumait.

« On dirait Zoé et AmiN, poursuivit Adrien. Si une relation ne te rend pas heureuse, qu'elle soit professionnelle, amoureuse ou amicale, il faut savoir la manager. Même si cela implique d'y mettre un terme.

– Sauf que Pierre est humain. »

Elle savait que sa réponse tendait une perche à Adrien, dont la réponse ne la surprit guère :

« Il vit tout de même dans une réalité parallèle. »

Elle ne formula pas son objection à voix haute. Toute la question, depuis le début, était là : qui vivait dans une réalité parallèle ?

« Demande-toi ce que Pierre t'a apporté depuis que tu l'as retrouvé. Et fais ce que tu estimes bon pour toi, même si c'est une décision bourgeoise, à ses yeux. »

Elle fut piquée au vif. Pierre avait en effet malmené son orgueil. Fallait-il, pour échapper à l'infâme qualificatif, être capable de tout quitter pour vivre au jour le jour ? Pas d'emploi stable, pas de domicile fixe, donc pas d'enfants, et aucun recours à la technologie numérique. Adrien avait raison, c'était une vie de ragondin. Et ce n'était pas être bourgeois que de refuser une telle vie. Il fallait être un peu raisonnable.

Le soir, avant de mettre son téléphone en mode hors ligne, elle fit défiler ses photos, curieuse de voir ce que l'image de Pierre déclencherait en elle, après les discussions si complices qu'elle avait eues avec Adrien. Elle espérait ne plus le trouver si attirant, si singulier. Elle chercha longtemps la photo prise sur sa péniche, allant et venant sur son écran sans la trouver. Elle finit par afficher une photo qu'elle était certaine d'avoir cadrée différemment : elle figurait seule sur la terrasse, la Seine derrière elle, un cygne glissant sur l'eau. Il y avait la place d'un visage absent à côté du sien. La représentation de Pierre avait disparu.

Elle se rappela le cliché Polaroïd qui n'avait pas quitté le fond de son sac à main. Elle le garderait là, comme une amulette.

28

Un aloé vera

Le lendemain matin, elle était décidée à affronter Pierre et à assumer ses choix. Elle fut en cela confortée par un message de ses producteurs :

« Brvo Céline. Voisi un documentaire qui voyagera dans de nombreux festival, porté par la fierté de la chaîne. Se sont les mots de la direction, à qui nous avons fais remonter ton nom. »

Elle longea les quais d'un pas léger. En même temps qu'elle annoncerait à Pierre qu'il valait mieux qu'ils arrêtent de se voir, elle lui ferait part des compliments reçus pour son travail. Lui aussi pourrait le faire valoir auprès d'autres rédactions, si l'envie de chercher un travail lui venait. Elle s'arrêta en chemin pour lui acheter une plante, qui matérialiserait ses remerciements et ferait office de rupture à l'amiable. L'aloe vera sous le bras, elle ressassait les reproches qu'elle souhaitait exprimer.

D'abord, il était vexant. Un homme aussi intelligent et sensible ne pouvait ignorer l'effet que produisait son attitude sur son interlocuteur. Il n'était pas autiste, qu'elle sache. Encore moins sadique. Il était empathique et expressif. Il savait donc ce qu'il faisait en accueillant ses phrases dans un silence appuyé, en détournant le regard au lieu de lui répondre. Ensuite, il ne pouvait ignorer qu'il lui faisait perdre toute contenance en s'abstenant de formuler un commentaire. Qu'il l'incitait à remettre en question la société en lui assenant ses idées extravagantes ; qu'il sous-entendait qu'elle était superficielle quand il répliquait : « C'est plus subtil que ça » ; qu'il avait un penchant pour la manipulation quand il l'interrogeait sur son bonheur ; qu'il cherchait à la déstabiliser quand il lui demandait comment elle appréhendait la mort. Elle lui parlerait à cœur ouvert. Elle lui avouerait qu'elle n'aimait pas sa façon de parler à Zoé comme à une adulte, ni le fait qu'il aille voir sa mère à elle (si ce n'était pas un blâme déguisé…), ni son absence de légèreté quand il rencontrait quelqu'un pour la première fois, ni au contraire sa trop grande légèreté à l'encontre des préoccupations des gens normaux : combien de fois avait-il écarté les questions sur son patrimoine et ses plans de carrière par un nonchalant « À chaque jour suffit sa peine », qui faisait passer la peur de manquer pour une pathologie honteuse. Enfin et surtout, son habitude de harceler l'autre pour définir un terme la crispait, avec ses « Qu'est-ce que tu veux dire par là ? », les sourcils froncés, ou sa manie de « renverser le problème », ou de « prendre les choses à l'envers ». Ses contradictions hors sujet la rendaient folle. Quand elle avait tempéré le feu d'une conversation par un raisonnable « On n'a pas toujours le choix », difficilement parable, il avait encore cherché à la fragiliser avec son « Tu peux toujours choisir entre être toi et être comme tout le monde ». Qu'avait-il donc à pinailler tout le temps ? Le temps, d'ailleurs… Qu'est-ce qu'il l'avait bassinée, avec ça. Pour un oui ou pour un non, même quand elle ne faisait que lui demander l'heure. « Non, je n'ai pas l'heure, mais j'ai le temps. »

S'il parvenait à vivre hors sol, grand bien lui fît. S'il pouvait se nourrir de mots et de contemplation, tant mieux. Mais il n'était personne pour juger. Il ne valait pas mieux qu'un autre. Pas mieux qu'Adrien, pas mieux qu'elle. Un citoyen comme un autre, peut-être plus discret et moins nuisible que la plupart. Il n'entretenait pas le travail des enfants en achetant plus que néces-saire, il consommait local, de saison, se déplaçait peu et toujours à pied (ce que tout le monde n'avait pas le temps de faire). Son empreinte carbone était nulle, et alors ? En fait, elle n'en savait rien, elle ne pouvait que deviner un mode de vie épicurien. Il prenait plaisir avec peu. Il n'avait pas peur de la mort et semblait même la souhaiter. Elle n'avait pas bien compris ce qu'il voulait dire, d'ailleurs, en parlant de l'accueillir à bras ouverts, le soupçonnant de fanfaronner un peu. Tous les hommes et toutes les institutions aspirent à la pérennité. Tout doit se maintenir et durer le plus longtemps possible. Voire à tout jamais. Et cet homme-là était immunisé contre les ambitions universelles ? Cet homme-là s'accomplirait en mourant ? Non mais franchement. Il lui faudrait ramer pour la convaincre de sa sincérité.

À quelques mètres de la péniche de Pierre, elle ralentit. Elle prit conscience que depuis plusieurs minutes elle ne cessait de le juger, et en premier lieu pour être qui il était, alors que lui, en retour, ne se l'était jamais permis avec elle. En un instant, elle comprit qu'elle n'était pas prête à se passer de son amitié. Et, qui sait... Elle s'imaginait déjà prendre des nouvelles de l'aloé vera, prétexte pour continuer les discussions entamées, qui avaient laissé trop de portes ouvertes dans son esprit. Elle ne voulait pas rompre le dialogue, et le réquisitoire qu'elle avait préparé était en réalité un petit tas de sujets qu'elle voulait jeter sur le tapis pour les ramasser sur le temps long. Rien ne l'obligeait à encaisser ses réponses comme des coups. En réalité, il ne s'était jamais montré fermé ni péremptoire. C'est elle qui prenait la mouche trop facilement.

Elle fut gagnée par le même trac qui l'avait envahie au moment de lui téléphoner, après leur rencontre à la maison de retraite. Elle se prit à espérer qu'il ne fût pas là, pour repousser la confrontation. Elle déposerait la plante devant la porte, ce qui serait une entrée en matière pacifiste pour une mise au point ultérieure.

Des nuages noirs s'amoncelaient dans le ciel jusque-là dégagé. Elle n'avait pas vu à quel moment la météo avait changé, sur la route. Il devait pourtant faire beau, aujourd'hui. Elle s'avouait maintenant qu'elle s'était figuré boire une bière avec lui sur la terrasse. Ce ne serait pas possible, il allait probablement pleuvoir, et la température avait baissé de quelques degrés. Elle quitta le trottoir et fit un pas sur l'appontement, d'où elle pouvait voir à travers les fenêtres. Il était absent. Elle fut soulagée. Elle eut tout loisir d'observer l'environnement, qui semblait soudain dépouillé de son cachet. Sous ses pas, le grincement des lattes et le balancement de la passerelle rendaient la progression inconfortable. L'aloe vera faillit passer par-dessus la rambarde. Elle le déposa sur le seuil et s'approcha de la vitre de la cuisine. La pièce, sans vie, avait une froideur de morgue. Plus de plantes, plus de tasses. Dans l'autre pièce aussi, on ne voyait plus que les meubles. Les murs étaient nus, ainsi que le sommier du lit. Paniquée, Céline fit le tour de la terrasse. Aucune trace ne subsistait de la présence de Pierre. Elle s'assit sur le bord, là où se trouvaient quelques semaines auparavant deux transats et un bananier. L'eau ne renvoyait plus les éclats émeraude de l'autre fois, sa teinte était la même que dans le centre de la ville, boueuse et opaque. Les cygnes et les canards avaient déserté. Il n'y avait plus âme qui vive, sur cette barge qui lui avait donné un goût de paradis. Pierre était parti en éteignant la lumière.

29

Un vrai baiser

Bien sûr qu'il y avait eu un baiser. Et, de toute sa vie, il semblait à Céline qu'il n'y en avait eu qu'un.

Après le visionnage, après son malaise et après leur discussion dans la salle de montage, ils étaient restés un moment assis par terre, en silence et en harmonie.

« Viens, je t'emmène boire un verre », avait proposé Céline en se levant.

Il n'avait dit ni oui ni non, il l'avait suivie à travers le couloir gris, lui avait fait face dans l'ascenseur, mains dans les poches, son odeur de fougère emplissant l'espace exigu, son grand corps souple offert à la lumière crue, sans fard et sans artifice, son regard droit la transperçant jusqu'à ce que les portes s'ouvrent, qu'elle passe devant lui, tout près, pour sortir, avec la sensation grisante d'être protégée par une créature puissante. Elle sortit son téléphone.

« Je vais commander un Uber. »

Il le lui ôta des mains et le replaça dans le sac à main qu'elle avait laissé béant à son épaule.

« Allons-y à pied. »

Elle fut légèrement contrariée : une bruine persistante assombrissait le ciel. Il retira son sweat-shirt et l'en enveloppa, ajustant soigneusement la capuche. Elle rit, gênée de se sentir aussitôt enivrée par son parfum. Ils sortirent du bâtiment désert, longèrent les quais un moment avant de prendre le pont. C'est elle qui le guidait, pourtant elle le suivait. Rapidement, leurs pas s'étaient accordés. Il avait dû observer sa foulée et l'intégrer à son propre mouvement pour que leurs rythmes soient si synchronisés. Ils traversèrent la Seine sans un mot, le vent frais rabattant la pluie sur leur front brûlant. Une fois qu'ils eurent atteint l'autre rive, il ralentit. Elle l'imita. Il ralentit encore, et finalement s'arrêta. Elle fit quelques pas, se retourna, amusée, et constata qu'il ne voulait plus avancer.

« On ne va pas chez le dentiste, tu sais », le taquina-t-elle.

Il resta sérieux, un regard ardent en guise de réponse. Elle le rejoignit d'une enjambée exagérément longue, presque clownesque, cherchant à atténuer le désir dont elle savait être l'objet, comme elle le faisait autrefois avec lui, et pour atténuer celui qui grandissait en elle. Ce fut elle, pourtant, qui se planta devant lui et le défia avec l'expression d'une sale gosse, le feu aux joues et les lèvres tendues. L'espace d'une seconde, elle se demanda si elle devait prendre les devants. Elle plissa les yeux. Il l'attrapa par la taille et la plaqua contre lui, les muscles bandés, colla sa bouche contre la sienne et l'embrassa comme il se serait approprié un butin de guerre. Leurs langues avides, leurs doigts mêlés, ils se sentaient et se parcouraient, s'agrippaient et se serraient, plus proches à chaque inspiration, fondus en une forme dense et cherchant à se mélanger encore. Ils se reconnaissaient et se découvraient, ivres d'accomplir ce qui devait s'accomplir et qui était en même temps interdit. Elle épousa son corps au point de sentir ses abdominaux et ses pectoraux se contracter, ses biceps la ceinturer. Elle se livrait à lui. Il déposait les armes. Ils domptaient un plaisir qui n'avait fait que clignoter et qui menaçait de ravager leurs vies par sa lumière éclatante. Celle de Céline, du moins. Son existence ordonnée et bien pensée. Mais elle s'en moquait, en cet instant. Elle s'en réjouissait, même. Il aurait pu la broyer sous son désir, mais tous ses mouvements étaient tendus dans un accord qu'ils construisaient à deux, répondant à des impulsions alternées. Cette force libre et chaude évoqua à Céline la puissance d'un cheval, et elle fut galvanisée par la sensation d'avoir amadoué un dragon. Ce n'était pas un baiser volé. Pas à elle, du moins. Mais c'était un baiser volé au temps, comme le sont tous les baisers d'adieu.

Lorsqu'ils reprirent leur souffle, emplis du goût l'un de l'autre et pourtant plus affamés que jamais, elle avait le cœur dans la gorge et le ventre palpitant. Elle lui sourit. Elle garda sa main dans la sienne et l'attira vers l'escalier qui descendait sur le quai. Il résista un peu et la suivit à contrecœur.

« C'est juste là », expliqua-t-elle, inquiète qu'il ne réponde pas à son enthousiasme.

Ils se retrouvèrent devant l'entrée d'une guinguette. À côté de la porte se tenait un vigile. Devant la porte était placé un tourniquet. Elle sortit son téléphone et s'apprêtait à appliquer l'écran contre le lecteur, une main déjà posée sur le bras rotatif, quand elle se rappela que Pierre ne pouvait en faire autant. Elle fit un pas en arrière et s'adressa au vigile avec un enjouement trop appuyé :

« Bonjour, monsieur, mon ami a oublié son téléphone, vous pouvez nous faire passer ?

– Non, désolé. »

Elle n'obtint pas un mot de plus. Pierre ne bougeait pas, il observait le vigile avec froideur.

« Non, Céline, cet homme ne peut rien faire, appuya-t-il. Une machine décide de faire entrer ou non une autre machine. Faisons autrement : laisse passer ton téléphone et viens avec moi. On trouvera un autre endroit. »

Céline fronça les sourcils. La pluie s'était intensifiée et elle avait vraiment envie d'un verre. Le vigile se dérida et s'adressa à Pierre :

« Ou alors, monsieur, vous pouvez vous enregistrer sur notre site Internet et un code sera automatiquement généré. Ça prendra deux minutes. Vous pourrez le récupérer sur le téléphone de madame. »

Céline le remercia d'un hochement de tête et se tourna vers Pierre. L'expression de celui-ci se durcit. Par conséquent, celle de Céline aussi.

« Mais où est le problème, Pierre ? éclata-t-elle. On ne te demande pas de te foutre à poil ! Tu n'as qu'à entrer ton nom et ton adresse, passer ce putain de portique, et on va boire un coup sur la terrasse, comme tout le monde ! »

Elle pointa du doigt la vitre derrière laquelle on voyait des couples et des groupes d'amis affalés dans des transats, abrités par des parasols, sirotant des spritz et grignotant des cacahouètes face à la Seine.

« Ou alors cet homme peut user de son libre arbitre et décider de me laisser passer », insista Pierre.

Céline croisa les bras, exaspérée par son obstination, et fit un pas vers lui avec autorité.

« Si tu avais des enfants et qu'il faille passer un portique pour entrer dans leur école, tu ferais quoi ?

– Je ne vois pas ce que cette école pourrait bien avoir à leur apprendre. »

Intérieurement, elle fulminait. Elle n'arrivait pas à croire qu'il lui refusait un malheureux geste. S'il n'était pas capable de la moindre souplesse, quelle sécurité pourrait-il lui apporter, dans la vie ? Comment pourrait-il être un compagnon, a fortiori un père ? C'était vrai, après tout, qu'une société ne pouvait tenir avec de tels individus.

« Tu es en train de me dire que tu n'es pas prêt au moindre petit compromis pour passer un moment avec moi ?

– Céline, je suis prêt à aller au bout du monde avec toi. Mais c'est de l'autre côté, la liberté. »

Elle le dévisagea quelques secondes en silence, pinça les lèvres et prit une mine contrite, vexée qu'il fasse passer ses principes avant ses sentiments pour elle. Elle l'imaginait rebrousser chemin devant les portiques du monde entier, dans les gares, les aéroports, et toutes les salles de spectacle. L'intransigeance n'avait de charme que dans les films.

« Au bout du monde, vraiment ? À pied ? s'énerva-t-elle. Moi, j'ai soif et je n'aime pas la pluie. »

Elle avait appliqué son téléphone sur le lecteur et actionné le tourniquet sans se retourner.

Elle n'avait pas apprécié son spritz. Il avait un goût amer de solde de tout compte, qui n'était pas parvenu à effacer le souvenir de leur baiser. C'était fade. Mais c'était plus raisonnable.

30

Retour au désert

Ils fêtèrent au champagne la nomination de Céline au poste de productrice. Elle pouvait désormais soumettre des projets aux diffuseurs. Adrien était fier de sa compagne.

« Dans les yeux », ordonna-t-il avec un regard qu'il voulut pénétrant.

Les flûtes tintèrent. Céline s'efforça de sourire, se demandant en même temps ce qui, chez elle, avait le pouvoir d'irriter Adrien autant que cette phrase l'agaçait. Elle le saurait bientôt : il venait de repérer une application qui avait pour fonction la traque des attitudes tue-l'amour dans un couple. Il lui restait à négocier le rachat des données.

« Où en es-tu, avec Trac-tic ? lui demanda-t-elle.

— Il y a de la concurrence. Une société africaine est sur le coup aussi. Elle a racheté des dizaines d'applications, ces derniers mois. DangoTech. Il paraît qu'elle prend des proportions inquiétantes. »

M. Dangote. Elle se rappelait, maintenant.

« C'est la boîte dont on a aperçu le patron à Marrakech, non ? »

Adrien haussa les sourcils.

« Peut-être. Ils font sans doute de la spéculation. Ils revendront après avoir fait monter les prix. Je ne les vois pas investir durablement dans le secteur. Ils n'ont pas la vision. »

Céline n'y connaissait rien et ne voulut pas faire d'efforts. Adrien changea de sujet.

« Tu as revu Charles ? »

Un sourire en coin. Il était content de lui. Céline ne considérait plus les avatars comme des ennemis. Elle prenait plaisir à discuter avec la représentation de son père une ou deux fois par semaine. Elle le retrouvait quand elle était seule dans l'appartement, comme une habitude qu'elle n'assumait pas, un péché mignon qui restait dans la sphère intime et qui lui procurait les transports d'un shoot d'héroïne. Elle était reconnaissante à Adrien pour ces instants restitués, ceux que le destin lui avait dérobés, et elle appréciait la délicatesse avec laquelle il évoquait le vieil homme. Il ne disait pas « ton père », il employait son prénom, et il ne demandait pas comment il allait, mais comment la discussion s'était déroulée. Il montrait à Céline qu'il ferait toujours la part des choses entre la réalité et sa représentation. Il empêcherait toujours que la ligne se floute, lui affirmait-il.

« On a beaucoup ri, admit-elle. Il m'a raconté comment il m'a appris à nager : il m'a balancée à l'eau, dans une piscine, et m'a regardée d'un œil amusé me débattre. À un moment, je me suis rendu compte que j'avais pied et il a éclaté de rire. Je me souviens vaguement de cette scène. J'étais vexée comme un pou. »

Ils terminèrent la bouteille de champagne en silence. Les bulles emportèrent les dernières réticences de Céline. Elle avait choisi la bonne direction. L'avenir était radieux parce que le passé n'était plus derrière elle. La nostalgie avait fait long feu. Désormais, elle pourrait tout avoir, les vivants et les morts, la fugacité et la longévité seraient capturées de la même façon, rien que pour elle, comme deux espèces d'insectes épinglés sous une cloche de verre.

« Le champagne me monte à la tête, dit-elle. Que c'est bon… »

Le sentiment de puissance était délicieux.

Des gloussements se firent entendre depuis la chambre de Zoé. Céline s'extirpa du canapé et s'étonna du poids de son corps. L'ivresse laissait place à la migraine.

« Je vais lui demander ce qu'elle veut pour le dîner. »

En approchant de la chambre de sa fille, elle entendit une voix familière. Sa fille discutait à bâtons rompus, assise sur son lit, sa tablette sur les genoux. Elle était plus douce, ces derniers temps. Elle semblait prête à développer une relation de complicité avec sa mère.

« Montre-moi celui-là ! fit Zoé avant de se renverser en arrière dans un élan de joie.

– Tu vois bien qu'il n'a rien de particulier, répondit la voix. C'est un caillou comme un autre. »

Céline se figea devant Zoé. Cette voix, c'était la sienne.

« À qui parles-tu ? demanda-t-elle.

– À Maman ! répondit Zoé. On est parties dans le désert, à la chasse aux pierres précieuses. On en a trouvé plein ! »

Elle leva les yeux une fraction de seconde, sans même croiser le regard de sa mère, avant de se pencher de nouveau sur la tablette.

« Il n'y a pas de monstres, dans le désert ?

– Peut-être que si. Tu as peur ? »

Zoé gloussa et secoua la tête.

« Tu devrais. Il y a des djinns… »

La voix resta en suspens. Zoé approcha son visage de l'écran. Un cri de bête sauvage, accompagné d'un accord de piano dissonant, la fit reculer avec horreur. L'avatar avait pris la forme d'un djinn pour effrayer l'enfant. Mais ce n'était qu'une plaisanterie, et elle reprit aussitôt son aspect bienveillant et la fillette gloussa de délice.

« Zoé, fit la vraie Céline d'un ton glacial.

– Mmm ?

– Zoé, éteins ça tout de suite et viens nous rejoindre. »

L'enfant posa sur elle des yeux vaporeux, semblant chercher son identité.

« Attends, maman, dit-elle en s'adressant à l'écran. Céline me parle. »

La vraie Céline fixa sa fille comme si elle ne la reconnaissait pas. Deux étrangères se faisaient face, presque étonnées l'une et l'autre de se trouver en un même lieu. Zoé adressa un pauvre sourire à sa mère.

« J'arrive », lui dit-elle doucement.

Céline resta un instant immobile, la main sur la poignée. Puis elle referma la porte derrière elle. Quand elle eut regagné le salon et qu'elle se fut assise à côté d'Adrien, elle constata que sa colère s'était évaporée. Avec toutes ses autres émotions.

« C'est marrant, Zoé était en train de discuter avec moi », énonça-t-elle d'un ton plat.

Adrien leva à peine le visage de son téléphone et ne vit pas le teint livide de sa compagne.

« Tu as vu comme c'est bien fait ? Je me suis dit que ce serait pratique pour Zoé, vu que tu seras plus souvent absente, avec ton nouveau poste. »

Les bulles de champagne éclataient dans la tête de Céline avec un bruit sec et métallique, maintenant. Adrien attendit quelques secondes et, n'obtenant pas de réponse, la regarda. Il lâcha son téléphone et s'approcha d'elle avec autant de précautions que s'il craignait de la réveiller. Il lui prit la main et l'entraîna sur le canapé.

« On va calmer le jeu », décida-t-il.

Elle hocha la tête sans lui rendre son regard.

Une notification sonna. Elle provenait de la tablette posée sur la table basse. Adrien l'ignora, résolument tourné vers sa compagne, dont il implorait l'attention. Ce fut Céline qui se pencha sur l'appareil. Son père voulait entrer en contact avec elle. Apparu dans une fenêtre, il lui faisait signe de le rejoindre dans l'application, les traits empreints de sagesse. Elle tendit la main. Adrien repoussa la tablette plus loin sur la table.

« Non, Céline, faisons une pause », lui intima-t-il.

Mais elle se leva, attrapa l'appareil et, après lui avoir accordé un fugitif sourire, cliqua sur l'image de son père.

« Salut, Papa. »

31

Arcadia, *quater*

Le merle chanta, la tirant d'un terrible cauchemar. Elle avait rêvé qu'elle se trouvait dans le désert marocain, la rétine brûlée par le soleil et la réverbération, les membres tétanisés, sans volonté. Bloquée dans un espace réduit en même temps qu'immense, elle suffoquait, à la fois enfermée et privée de limites. Puis elle avait perdu son corps, et ses sens avaient été remplacés par un afflux continu d'informations. Le data center des clients d'Adrien avait été construit et s'étendait à perte de vue. À l'infini, peut-être. Si loin, en tout cas, qu'elle ne pouvait espérer qu'il y eût quelque chose au-delà. Elle vivait là. Dedans. Seule, emprisonnée dans une base sous la forme de lignes de codes. Défigurée, désincarnée, tronçonnée et résumée. Dissoute. Elle criait, quand le merle chanta. Ou plutôt elle reçut l'information selon laquelle elle criait, parce qu'elle venait de comprendre que son état était figé. On l'avait dématérialisée, la condamnant ainsi à l'immortalité. Elle en fut terrifiée.

Elle ne pouvait plus supporter cet oiseau. Il était programmé, lui aussi. Et ces lignes mauves entre la terre et le ciel, que dessinaient les premiers plis des montagnes, de quoi étaient-elles constituées? Elle doutait de tout, ce matin. Elle pouvait aussi bien être en train de rêver, après une dure journée à se faire le relais de données numériques. Elle ne voulait pas parler, rien avaler. L'écran s'alluma tout de même sur l'accueil et Fatou lui demanda ce qu'elle souhaitait pour le petit déjeuner.

« Je voudrais mourir », répondit-elle avec détermination.

Fatou fronça les sourcils.

« Céline, je ne comprends pas ce que vous dites. Pourriez-vous reformuler votre demande ? »

Céline obtempéra.

« Nous ne pouvons accéder à cette requête, Céline.

– Comment ça ? Si c'est ce que je veux, où est le problème ?

– Cette option n'est pas prévue dans le programme. Vous avez choisi la dématérialisation, et l'opération est presque complète. Il nous reste à numériser les derniers éléments. Ensuite, plus rien ne pourra vous faire disparaître. »

Le cauchemar n'est pas terminé, se dit Céline. Je dors encore. Attendons le réveil. Ces rêves à tiroirs étaient fréquents et très désagréables. Se réveiller après avoir rêvé qu'elle rêvait et se rendre compte qu'elle rêvait toujours était la pire illusion qu'elle pût subir.

« Et si je veux disparaître, justement ? Mourir pour de vrai ?

– Je ne comprends pas le sens de votre phrase, Céline. Pouvez-vous reformuler votre demande en des termes plus simples ? »

Céline refréna la flambée de haine qu'elle sentit s'allumer à l'encontre de Fatou. Aussitôt, elle eut conscience de l'absurdité de cette émotion. Cette chose-là n'est pas humaine, se dit-elle.

« Que dois-je faire pour être immortelle ? » biaisa-t-elle.

Fatou retrouva le sourire.

« Pour profiter des bienfaits du centre pour l'éternité, il vous suffit de numériser le dernier élément en votre possession. Autrement, à la prochaine facture, vous serez radiée de la liste de nos invités Infinity Premium.

– Et alors ?

– Alors, vous resterez dans le noir pour un temps indéterminé. »

Très bien. Si elle savait ce qu'elle devait faire, elle savait ce qu'elle ne devait pas faire.

Elle avait le vague souvenir d'une époque où l'on s'en remettait au destin, où l'on n'avait rien à décider, rien à faire que de mourir, sans s'y attendre. Elle n'arrivait pas à croire que les hommes eussent vécu dans un tel état d'ignorance et d'irresponsabilité.

À l'époque de sa mère, la mort était encore un passage simple, accessible à tous, aussi intime que mystérieux. Un peu forcé, parfois, en vertu de l'application très souple de la loi. Un peu forcé, selon le fantôme de sa mère.

Elle n'avait pas demandé à rêver de celle-ci, bien sûr. Une faille du programme laissait pourtant cette figure hanter certaines de ses nuits. Ombre à double face, tantôt jeune, tantôt âgée, elle ne lui reprochait pas d'avoir programmé l'injection létale, mais de l'avoir fait sur la seule base des analyses médicales. De ne pas avoir reconnu le reste de vie en elle, les derniers fragments de plaisir qui faisaient pétiller ses yeux. De s'être focalisée sur des données, confiante dans le corps médical. Laisser faire les professionnels, c'était sa ligne de défense, quand elle doutait. Qui était-elle pour remettre en question leurs préconisations ? Délivrer sa mère n'avait pas été sa décision, mais celle, indiscutable, des chiffres. Elle n'y était pour rien. Elle avait « délivré » sa mère, puis elle avait cliqué sur « Libérer la chambre ».

Était-ce pour la punir qu'on lui refusait aujourd'hui la mort ? Que dans la répétition infinie de ses rêves de désert, sa mère brandissait un doigt accusateur ? Elle voulut chasser cette représentation, et toutes les fioritures désagréables. Elle se concentra sur la roche. La force minérale, indestructible. Elle eut une révélation. Pierre fit irruption dans sa pensée. Dans leur dialogue décousu, elle se sentit jugée et crut devoir se justifier.

« Je crois en la science, assena-t-elle d'une voix qu'elle ne reconnaissait pas.

– Moi, je crois en la poésie », répondit-il dans un souffle.

Il disparut.

Mais elle savait où le trouver. Il était là, dans le tiroir, sur la photo prise chez lui, longtemps auparavant, et qui ne laissait plus deviner que des taches de couleur. On les reconnaissait encore, tous les deux. Plus lui qu'elle, car la teinte de sa peau avait mieux supporté le virement vers le ton rouille.

« Je vais venir avec toi », murmura-t-elle.

32

À l'eau

Le faux merle parasita le silence de son appel métallique.

La barre de téléchargement était bloquée à 99,99 %.

Une notification clignotait : « Votre compte est maintenant débiteur. Nous ne sommes plus en mesure de constituer votre avatar. »

La lumière s'éteignit comme l'enseigne au néon d'un magasin en dépôt de bilan. Escalators à l'arrêt, rideaux ouverts sur les cabines d'essayage béantes et service après-vente désert. À ce moment, Céline souriait. Elle apprécia le silence et l'obscurité. Terminées, les simagrées de Fatou, les avalanches fluo de son jeu stupide, terminé, le vacarme des oiseaux virtuels et les paysages placardés sur l'écran en forme de fenêtre. Terminée, la grande comédie. Terminés aussi, les imitations de repas, les maigres moyens de subsistance. Terminée, la vie rationnée et pixélisée.

Il fallut du temps pour que le corps s'épuise. De la souffrance, aussi. Mais la mort approchait, irrémédiable et naturelle, et Céline l'accueillit avec sérénité. Elle était douloureuse, elle était terrifiante, mais elle était toute à elle. Sa mort n'appartenait ni aux lois ni au marché. Elle se fondit dans une expérience qui la reconnectait à l'humanité.

Ce qui avait un jour été Céline Lambert ne se réveilla pas. Aucun afflux électrique ne lui permit de se connecter. Elle avait déserté le centre. Son corps était resté, bien sûr. Ses mains croisées pressaient une photo contre sa poitrine. Cette image seule, qu'elle avait jusqu'au bout sentie sous ses doigts, lui avait permis d'entreprendre le voyage paisiblement.

En partant, elle s'était étonnée de ne pas avoir pris la décision plus tôt. Sans en référer à Fatou ou à qui que ce fût, elle ouvrit la porte en s'attardant une seconde sur le contact de la poignée ronde au creux de sa paume. Elle prit l'ascenseur, traversa le hall, passa la porte-tambour et se retrouva dans la rue, la fine semelle de ses ballerines lui communiquant la chaleur du bitume ramolli par le soleil. Elle prit le bus 82 et en descendant se dirigea vers la Seine. C'est fou, ce qu'elle se sentait légère et souple. C'est fou ce qu'elle se sentait tout court. Elle marqua une pause et observa ses doigts, qu'elle agita comme si elle s'échauffait pour jouer du piano. Puis elle se hissa sur la pointe des pieds, éprouvant l'élasticité de ses muscles. Elle chercha son reflet sur la vitre d'un commerce et prit peur en ne se voyant pas. Mais son image était bien là, face à elle. C'était cette jeune femme en jean et chemisier blanc, avec ses boucles brunes et ses grands yeux noirs, capable de faire le point de près, de loin et à travers, de voir de jour comme de nuit, de marcher sans crainte de tomber, capable d'anticiper les mouvements des autres corps autour d'elle, d'entendre les murmures des enfants et de s'enivrer du parfum des fleurs. Elle aperçut bientôt le cours d'eau qui s'élargissait en charriant des morceaux de lumière. Il avait de nouveau ces teintes moirées qui l'avaient envoûtée la première fois qu'elle était venue. Ses berges abritaient la faune variée que l'on trouve sur les pages d'un manuel de sciences naturelles. La barge était à quai, avec les transats sur le pont. Quand elle posa le pied sur la passerelle, Pierre était en train de détacher les amarres. Il suspendit son geste et l'accueillit tranquillement, de la confiance plein les yeux.

« Tu vois, ce n'était pas si difficile.

– Je m'en faisais une montagne. Je cherchais l'immortalité à coups de bricolages et de rapiéçages. Je me suis laissé réduire, déstructurer, et finalement noyer. J'ai participé à ma propre liquidation. Tout ça pour quoi?

– Pour rien, Céline, fit-il en haussant les épaules. On est déjà immortels. »

Cette fois-ci, le voyant retirer ses vêtements et les jeter en vrac sur les lattes de bois tièdes, elle l'imita. Elle se retrouva nue, le soleil caressant sa peau comme une étole de soie. Elle se rappelait la chaleur, elle avait hâte de sentir aussi le froid, et tous les contrastes perceptibles dans l'univers. Elle était tout près du bord. Tandis qu'il la défiait du regard, prêt à s'élancer, elle lui coupa la route et plongea avant lui dans le cours vibrant du fleuve.

Remerciements

Merci à Philippe Rey et à son équipe de m'avoir redonné goût à l'aventure,
merci à Pierre Astier,
à Xavier Luce, Blaise Ndala et Aurélien Tonneau,
à ma mère,
et à Pierre.

Table

Mise en pages : Anne Offredo, Valravillon

Cet ouvrage a été achevé d'imprimer
sur papier PEFC, qui garantit
une gestion durable des forêts,
en juillet 2024 dans les ateliers de
Normandie Roto Impression s.a.s.
61250 Lonrai

N° d'imprimeur : 2402781
Dépôt légal : août 2024
ISBN : 978-2-38482-089-4
Imprimé en France